光文社文庫

ショートショートBAR

田丸雅智

光　文　社

ショートショートBAR＊目次

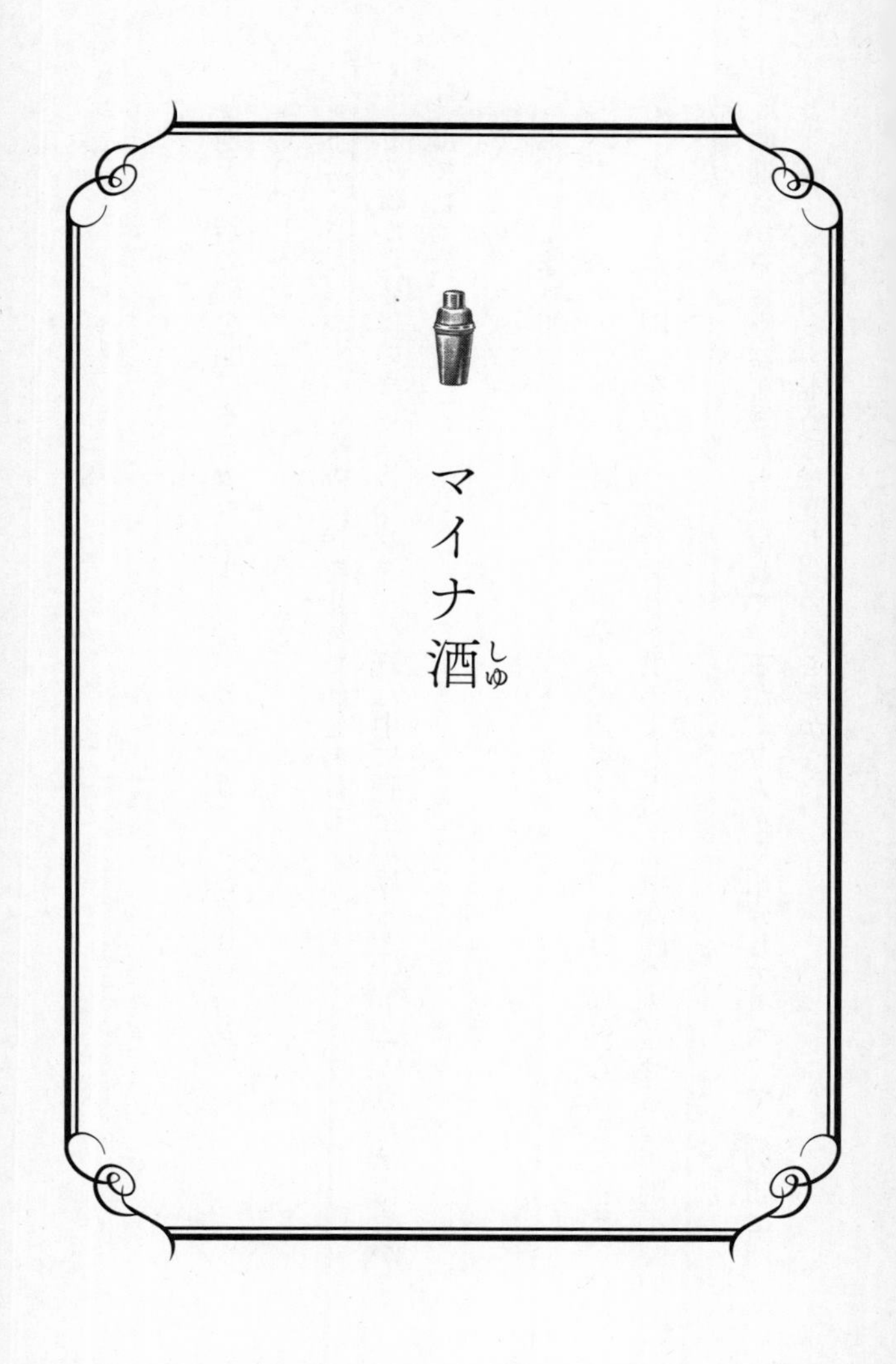

マイナ酒(しゅ)

地下一階の扉を開けるとカウベルの音がカランカランと鳴り渡った。

「いらっしゃい」

トニーさんはウクレレを弾く手を止めて顔をあげる。

私のほかに客はいない。カウンターの真ん中に腰をかけると、トニーさんは穏やかな笑顔で言った。

「いつものやつで？」

「お願いします」

バーのマスターのトニーさんはお馴染みの銀髪を後ろで結び、豊かな白鬚を蓄えている。老成した雰囲気を放ちつつ時おり子供のような無邪気な瞳を光らせる、年齢不詳の人物だ。

常連客からはトニーさんと呼ばれているが、友人から紹介してもらってこの店に通うようになってから、本名は一度も聞いたことがない。

ハーパーの炭酸割りをすっと差しだすと、トニーさんはレコードプレイヤーに近づいてそっと針を落とした。そして愛用の煙草に火をつけて煙を天にくゆらせはじめる。ジャズの流れる静かな空間で、落ち着いた時間が過ぎていく。

しばらく経って、私は、はぁ、と意図せず溜息をもらしてしまった。それが耳に入ったらしいトニーさんが、おもむろに口を開いた。

「何かお悩みのようですね」

「……じつはそうなんですよ」

トニーさんはお客さんがいないとき、よく私の相手をしてくれる。知識が豊富で、いろいろなことを知っている彼はいつも興味深い話を聞かせてくれて、救いになってくれるのだった。

「なんだか最近、自分の集中力のなさに嫌気がさしているんです。仕事をしていても、もやもやして能率があがらなくて。今日もまだ仕事が残ってるんですが、あまりに進まないので休憩がてら、お酒で気を晴らそうと……」

「そういうときもありますよ」

トニーさんは優しく声をかけてくれる。

「きっとお疲れなんでしょう」

ですが、と、彼はさらにつづけてこんなことを口にした。

「よほど困っておいでなら、良い代物(しろもの)がありますがね」

意味ありげなその言葉に、私は尋ねずにはいられなかった。

「なんですか?」

「これです」

トニーさんは一本のボトルを足元から取りだしてカウンターの上にどしっと据(す)えた。

「一時的な特効薬のようなものですが、この酒を飲めば一発でお悩みは解消しますよ」

「これは……」

私はボトルを回してラベルを眺める。フランス語が見てとれて、どうやらフランス産のものらしいということだけが理解できた。

と、読めない文字の連なりの中に、私は不思議な箇所を見つけて言った。

「マイナス14%……」

「そうなんです。この酒のアルコール度数はマイナスでしてね。それでマイナスの酒、マイナ酒という名前で呼ばれているものなんです」

「マイナシュ……？」

「ええ、普通のプラスの度数の酒とは逆の作用をもたらしてくれます」

ぽかんとしている私に向かい、トニーさんはつづける。

「ま、危ないものではありませんから、よろしければ一杯いかがです？」

「そうおっしゃるなら……」

目の前で、脚長のグラスに透明な液体が注がれていく。見た目は白ワインのようだった。

どうぞ。勧められてひとくち啜る。少し辛めの酒だった。そして表面的な冷たさとはまた違った、身体の芯にまで届きそうな冷えを俄かに感じ、私はすっくと背筋を伸ばした。

「どうですか？」

「おいしいです。キンキンに冷えてるんですね……なんだかサウナから出て水風呂に浸かったときみたいな感じです」

「それは言い得て妙ですねぇ」

トニーさんは笑う。

「ただ、その酒は常温でしてね。冷やしてはいないんですよ」

「えっ、それじゃあどうして」

「マイナ酒は飲むと火照（ほて）るのではなくて、だんだん冷えて気が引き締まってくるものなんです。酔うのではなく、冴（さ）えてくる。集中力も次第に研ぎ澄まされていって、頭がフル回転しはじめるんです。

　もちろん、変なクスリとは違いますよ。酔いが引いていくように、しばらくすると副作用もなく元の通りに戻ります。逆に言えば持続性のあるものではありませんので、一時的な特効薬に過ぎないということでもありますが」

「ははあ、おもしろいお酒があったものですねぇ……」

　言いながら、私はグラスを傾ける。

　口に含むごとにトニーさんの言う通り、頭の中にかかった霞（かすみ）が晴れていくような感じがする。自分の考えていること、言おうとしていることの輪郭がはっきりしてきて、いまならば思考を寸分たがわず的確にアウトプットできそうだった。

「トニーさん、これは仕事が捗（はかど）りそうですよ！」

　興奮気味に私は伝える。

「景気づけに、もう一杯だけもらえますか？」

さらに冴えた状態になって、いざ出陣……そんなことを考えていた。

ところがだ。トニーさんは残念そうに首を振った。

「あいにく、このお酒のおかわりはオススメしていないんです。ましてや、これからお仕事という方に対しては」

「どういうことですか？」

冴えすぎると害になるとでもいうのだろうか。何事もほどほどにということか。

「いえ、それがですね」

マイナス掛けるマイナスをするのと同じなんです、と、トニーさんは口にする。

「マイナ酒を二度飲むと身体の中で酒はたちまちプラスに変わって、泥酔状態になるんです」

霊鈴（れいりん）

「霊鈴っていうの」

　妻は、不思議そうに見つめる娘に言った。

「風鈴は、知ってるでしょ？　あれは、鈴が風に揺れて音が鳴るものよね。それに比べて霊鈴は、霊に反応して音が鳴るっていうものらしいの」

　そのやり取りに、おれは思わず微笑んでしまう。妻と娘の会話が、たまらなく愛おしかった。

　こんな日だからこそ、と、妻は言った。

「浴衣で過ごすってのも、オツなものでしょう？」

　八月十五日。終戦記念日でもあり、お盆でもある日。

　風鈴そのものにしか見えないものを、妻は手に持っていた。紺色に、白抜きの朝顔模様の浴衣。それを着て、ちょっと背伸びをしながら娘の前で縁側の天井に手を伸ばす。はだけた裾を片手で押さえて、妻は健康的でもあり艶っぽくもある腕をのぞかせる。

「こうして吊るしておくと、亡くなった人がやってきたときに分かるんだって」

「分かるって?」

娘は純朴な目で妻に尋ねる。

「ほら、いま言ったでしょ? これは霊に反応して音が鳴るものだって。だからこれが鳴るときは、亡くなった人が家に戻ってきてくれたってことの証になるの。霊になった人が家に帰ってきてくれたのを、鈴の音で知ることができるのよ」

それを聞いて、おれはすぐさま、亡くなった祖母のことを思いだした。

祖母は気が強いけれど、誰よりも人のことを考える人物だった。それゆえだろうか、人望は厚く、近所の人がよく訪ねてきては、祖母に相談を持ちかけていた。中には祖母のことを祀り上げて人格者などと呼ぶ人もいたけれど、祖母はそれに奢ることなく、あくまで自然体のままに暮らしていた。おれはそんな生き方が大好きで、家庭を持ってからも頻繁に祖母の元を訪れることをやめなかった。一緒にいると、なんだか自分までもが素敵な人間になったかのような気持ちになったものだった。

そのとき、ちりん、と音が鳴った。

「あっ!」

妻は大きな声をあげた。

「ほら、聞こえた⁉」

興奮気味に妻は言う。

「この音が、霊が通った証拠なんだって！　きっと、家に戻ってきてくれたのねぇ……」

感慨深げな妻を見て、おれはやっぱり愛おしいなぁ、と思う。

六畳間の和室には、妻の言うとおり、何かがやってきた気配がたしかにあった。それが祖母だという確証はなかったけれど、なんとなく、その推測は間違っていないように思えた。

忘れっぽいのが玉に瑕（きず）だったけれど、祖母は老若男女、いろんな人に、いろんな話を語って聞かせるのが好きな人だった。若いころに体験した貧しい暮らしのこと。戦争にとられてしまった祖父のこと。

普通なら、老人の苦労譚（たん）で終わるのだろう。でも、祖母が語ると、すべてに深い意味が宿るのが不思議だった。気がつけば耳を傾けていて、自らの生き方を見直している。

そんなことが、日常のワンシーンとして、ごく当たり前に起こっていた。

妻が霊鈴と呼んだそれが鳴ったのは、一度だけではなかった。

ちりん　ちりん

縁側に腰掛けてぼんやり思いを馳せていると、幾度となく、その音は鳴った。

ちりん　ちりん

きっと、亡くなった人たちが——生前に祖母と親しかった人たちが、我が家に戻ってきた祖母を訪ねてきてくれているのだろう。だからこうして、音が絶えないのだ。そう考えて、しみじみとした気持ちに包まれる。

霊鈴は、夜が更けても鳴りやむことはなかった。

やがて妻と娘が寝入ってからも、おれは縁側に座って、響く音色(ねいろ)に、ただただひとり聞き入った。宵闇にたなびく音色は、ひたすら美しい。祖母との思い出が、胸の内に沸きかえる——。

さまざまな思いにとらわれていると、いつの間にか夜は明けていた。昇ってきた朝陽に気がついて、おれは現実に呼び戻された。

ちりん

細々と、音が鳴った。

それを聞き届け、おれは次の音が鳴るのを待った。

しかし、霊鈴の音は、それっきり、いくら待っても鳴ることはなかった。祖母は束の間の帰省を終えて、天へと帰っていってしまったのか。そんなことを考えて、なんだか儚(はかな)い気持ちになった。

と、そのときだった。おれは、六畳間の机の上に置き放された、あるものに気がついた。それは、鼈甲色(べっこういろ)の茶色い眼鏡だった。瞬間的に、見覚えがあると思った。しばらく考えて、答えが浮かんだ。

――祖母の老眼鏡だ――

きっと、忘れっぽい祖母が、友人たちとの談笑に耽(ふけ)るままに忘れていってしまったのだろう。

仕方ないなぁ。祖母のところまで届けてやるかぁ。

おれは、まだまだ健(すこ)やかに眠っている妻と娘の姿を目にしっかりと刻んでから、閉められた扉をすり抜けて縁側に出る。

妻と娘——二人の明るい未来を心の底から願いながら、霊鈴へと視線をやる。

その横を通りすぎるとき、小さく、ちりん、と音がした。妻も娘も、目を覚まさない。

おれは切なく響く音を聞きながら、老眼鏡を懐に入れる。

そして祖母たちのあとを追って、同じようにふわり空へと帰ってゆく。

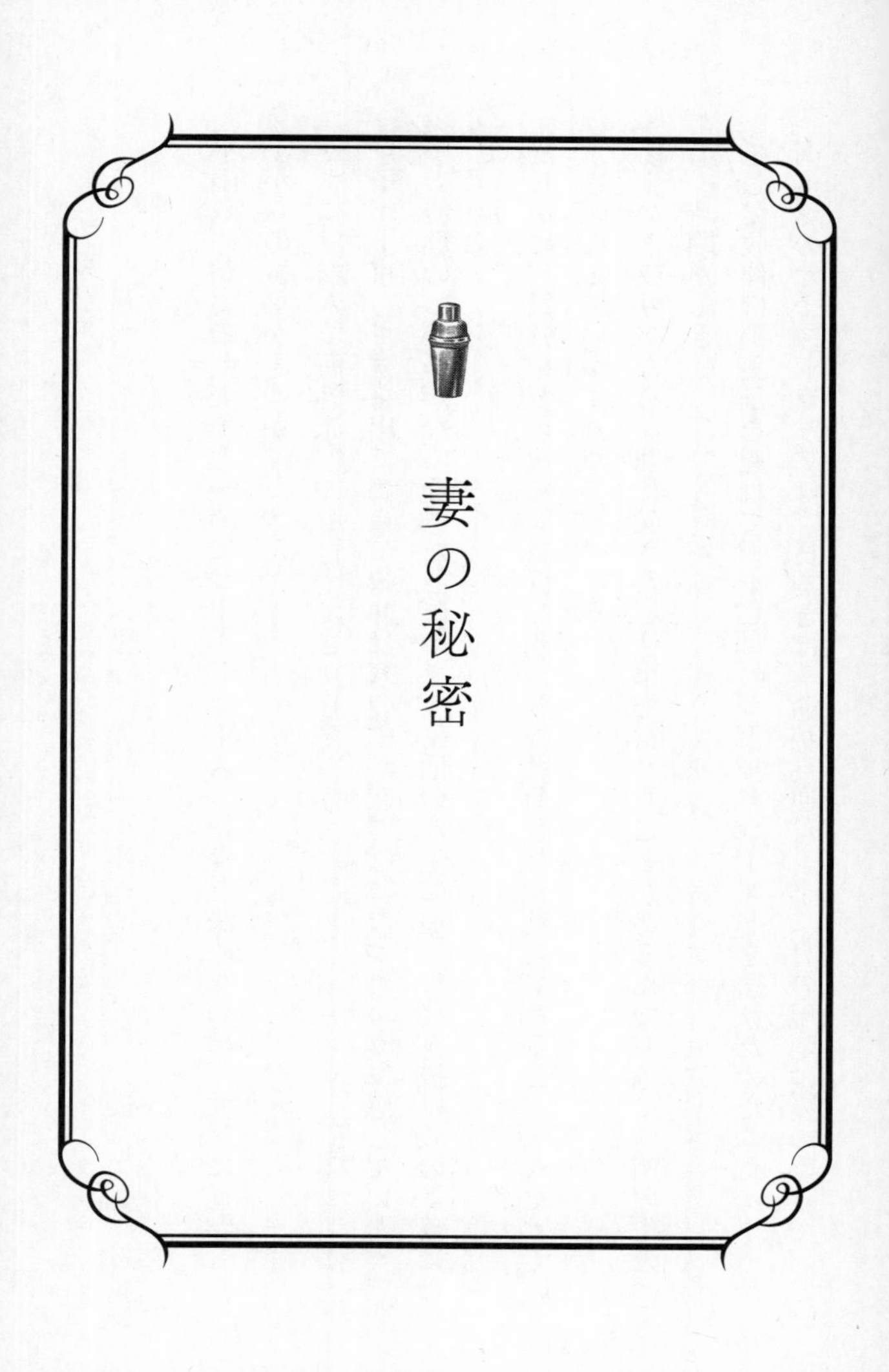

妻の秘密

平山政伸（ひらやままさのぶ）が妻の芙美子（ふみこ）と一緒にゴールドコースト行きを決めたのは、大学に進学した息子からの言葉がきっかけだった。

「たまには二人で海外旅行でも行ってきたら？」

息子が上京して家を出てから、政伸は家の中が空っぽになったように感じていた。芙美子も料理のしがいがなくなったとぼやき、生活の変化に追いつけず抜け殻のようになっていた。

たしかに、気分を変えるには旅行がうってつけかもな。考えてみると、二人だけで旅行するのなんていつぶりだろう。

「オーストラリアなら、前に父さん、仕事で行ったことがあるんでしょ？　時差もたったの一時間だしさ」

そして政伸は芙美子を連れて、十二月のゴールドコーストを訪れたのだった。

南半球のオーストラリアは、日本とは季節が真逆だ。十二月の現地は夏の盛りで、二人は到着するなりさっそく半袖に着替えた。

ゴールドコーストといえば、北から南までおよそ七十キロもつづく海岸線や、その中に点在しているロングビーチが代名詞になっている。ホテルに荷物を置いてから、政伸たちはビーチのひとつ、マーメイドビーチへと繰りだした。

「意外と暑く感じないのね」

芙美子が言って、政伸も頷く。吹き抜ける海風が心地よく、思わず背伸びをしたくなる。

「サーフクラブにでも行ってみるか」

しばらく海辺を散歩してから、政伸は口を開いた。

「サーフクラブ？」

「うん、海を見守るライフセイバーの人たちがやってるカフェみたいな場所で。ライフセイバーの仕事自体はほとんどボランティアだから、サーフクラブの運営資金を得るための場所になってるらしいな」

「へぇぇ」

「この国では、ライフセイバーは子供たちの憧れなんだ」

目ぼしい店を見つけると、二人は扉を開いて入っていった。

窓辺の席について外を見ると、晴天のもと、真っ青に染まった海には無数の白い波が立ち、たくさんのサーファーたちが波間にぷかぷか浮かんでいる。

「ハンバーガーとビールにするけど、おまえはどうする？」

「いいわね、わたしもそれで」

政伸はウェイターを呼ぶと、流暢(りゅうちょう)な英語で話しはじめた。

「このビールは何だい？」

指し示したメニューには、「XXXX」と書かれている。

ウェイターは、にこやかに応じてくれる。

「それはこのあたりで有名なビールでね、Xが四つで『フォーエックス』と読むんだよ」

「うまいかい？」

「もちろんさ」

ウェイターは親指を立てて笑みを浮かべる。

「ところで、二人はどこから来たの？」

「日本だよ」

「へぇ、昨日来た日本人の男性カップルも英語が堪能だったけど、日本人はみんなそうなのかい？」

「たまたまさ」

今度は政伸が笑みを浮かべた。

ウェイターが去ったあと、芙美子は言った。

「あなた、そんなに英語が上手だったのね……ぜんぜん知らなかった」

「え？　まあ、ね」

政伸は不意な言葉に気恥ずかしくなった。

「仕事で使ってるのは知ってたけど……」

芙美子は内心、驚いていた。こんなにも長い年月一緒に暮らしてきたというのに、自分の知らないこんな意外な一面が夫にあっただなんて……。

一方で芙美子は、なんだか政伸に負けたような気にもなっていた。自分だけ相手の知らないことがあるなんて、ちょっと悔しい。

しばらく経(た)って、ビーチを眺めながら芙美子はおもむろに切りだした。

「そういえば、わたしにもあなたの知らない秘密があるの」

「秘密？」

「そう、なんだと思う？」

「さあ……」

「最近わたし、よくサーフィンしてるのよ」

「えっ？」

政伸は耳を疑った。

「サーフィン？　おまえが？　冗談だろう？」

そんな話は初耳で、政伸は狼狽しはじめた。

「ふふ」

芙美子は意味ありげに笑っている。

政伸は急に不安になってきた。

新婚のころは、相手が何をしているのか、しょっちゅう気になっては尋ねていた。けれど考えてみると、息子が生まれたころからだろうか、たしかに芙美子が自分の居ないあいだに何をしているのか興味が湧かなくなっていった。

改めて妻を見つめると、いろんなことが気になってきた。

芙美子の髪は、うっすら茶色に染まっている。特に気にしていなかったが、いつから染めていたのだろう。いや、染めたのではないかもしれない。サーファーは海につかる時間が長いから、髪が脱色して茶髪に近づくと聞いたことがある。芙美子の髪も、サーフィンで変わっていったのか？

そういえば、芙美子が出かけると言っても、ここのところは行き先を聞いたこともない。休日に出かけていくこともあったけれど、自分はソファーに寝そべって気にも留めていなかった。知らないうちに、サーフィンに行っていたのだろうか……。

待て。休日どころか、平日もだ。芙美子は息子が生まれてから、ずっと専業主婦だ。自分を送りだしてくれたあと、じつは毎日のようにサーフィンに行っていたのか……？

想像は悪いほうへと膨らんでいく。

サーフィンをしていると言うからには、その仲間がいるはずだ。女性だけとは限らない。中には男も混じっていることだろう。そしてインストラクターは若いやつだったりするはずだ。

熟年離婚という言葉が頭をよぎる。

芙美子を見つめる。なんだか睫毛が長くなっているような気がする。昔よりも化粧が行き届いているような気もする。

まさか、こんな旅行先で切りだされるのか？　そうなのか？　もう手遅れなのか⁉

もっと妻のことを考えるべきだった――そんな後悔の念が急激に湧いてくる。

「ふ、芙美子……」

呻くように政伸がもらしたそのとき、芙美子は言った。

「そんなに深刻そうな顔して、なに考えてるの？」

そして笑った。

「ばかね、わたしがやってるのはネットサーフィンよ」

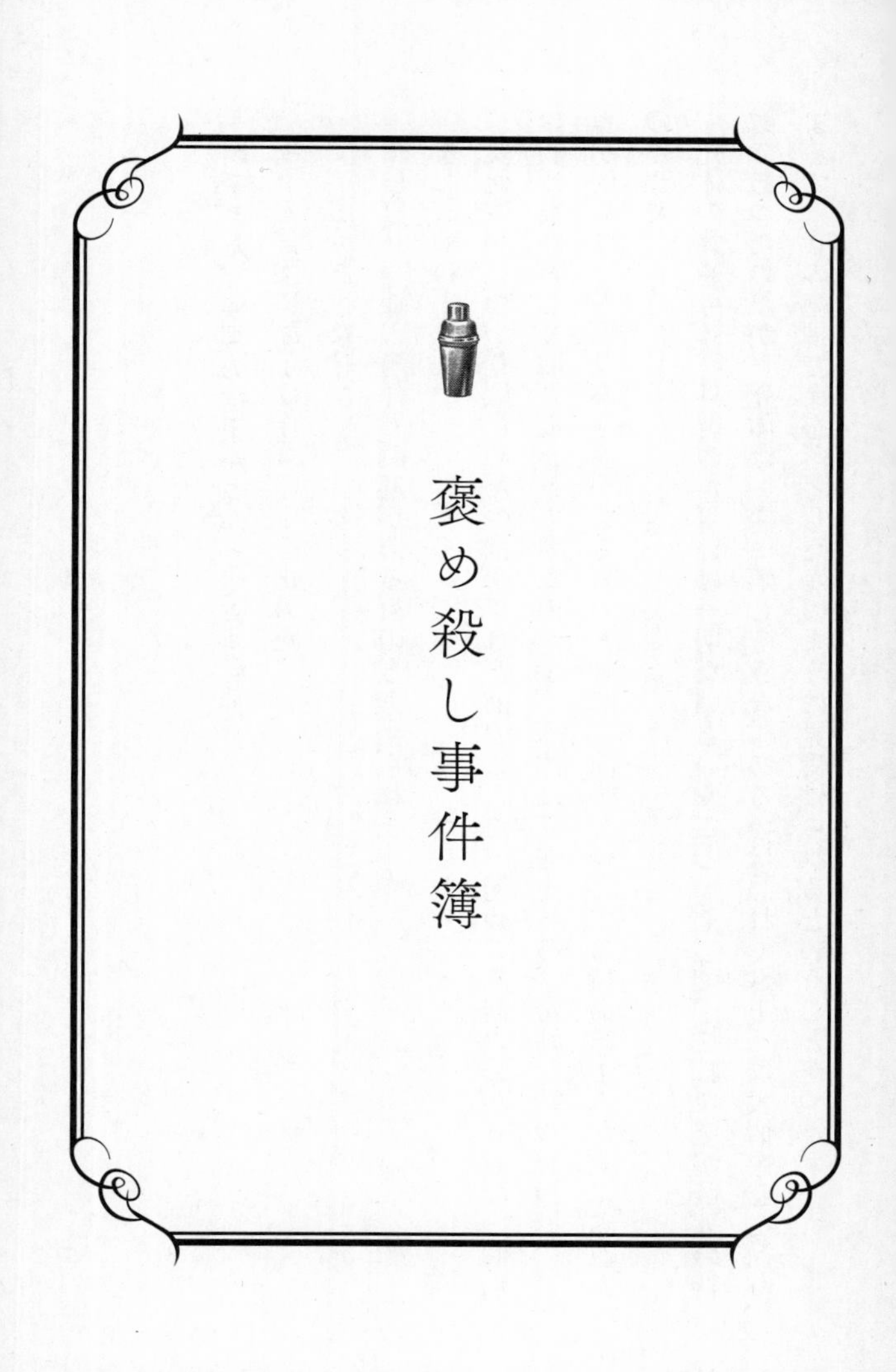

褒め殺し事件簿

「涼子さん、検視の結果があがってきました」

部下の言葉に涼子は作業の手を止めた。

「で、どうだった？」

「やはり、一連の事件と関連があるものと考えられます」

「またなのね……」

変死体が見つかりはじめたのは半年ほど前のことだ。初めこそ何の繋がりもない個別の病死案件として取り扱われていたのだが、死体に共通するある奇妙な特徴を指摘する者が現れて、警察は事件性があるものと判断。涼子を長とする特命チームが立てられたのだった。

死体の共通点は、外傷のたぐいは一切ないということ。そして、これこそが最大の特徴であったのだが、死体は一様に嬉しそうな、あるいは照れくさそうな表情をしており、まるで幸せの絶頂で命を落としたかのように見受けられるということだった。

事実、検視を進めていくうちに、これを説明する証拠が出た。死体の脳内から幸福感に関連する物質が大量に検出されたのだ。死因はその物質の過剰な分泌にあるらしいと分かったのは、間もなくのことである。

誰が言いだしたか、この一連の事件は「褒め殺し殺人事件」と名づけられた。必要以上に相手を褒めて失墜させることを「褒め殺し」というが、状況から判断するに、被害者たちは、きっと褒められ過ぎて死に至ったのであろうと推測された。

はじめは一笑に付す者も多かった。褒めて殺されるなんて、そんなバカなことがあってたまるか。

けれど、状況が深刻化するにつれて、そういう声は自然と収まっていった。ほかに説明のしようがなく、何もしないよりは仮説を信じて前を向いて動くしかなかったのだ。

犯人はいったい、どこの誰か——。

老若男女、至るところで死体は発見されつづけるも、捜査は極めて難航した。

なにしろ、犯人は凶器を使うことなく、己(おのれ)の弁術のみで相手を死に至らしめるのである。当然、現場に証拠などは残っておらず、手がかりは一向に摑(つか)めなかった。

涼子たち特命チームは犯人像を想像して、そこからなんとか手がかりを見出(みいだ)そうと試みた。

「犯人はどんな人物か、頭を絞って考えてみて」

捜査会議で、涼子はみなに投げかけた。

「重要なのは、おそらく犯人は褒めるのに相当秀でたやつだろうってことよ。人の気持ちを乗せるのがうまい人間。それはどんな人物か……」

「はいっ！」

部下のひとりが挙手をする。涼子が促すと、部下は言った。

「自分は、ホストやホステスではないかと考えます。彼らほど人をおだてるのがうまい人間は、そうはいないのではないでしょうか」

「一理あるわね……」

そうなると、悩む時間がもったいない。

「さっそく行くわよ！」

涼子は部下に指示を飛ばし、夜の街へと繰りだした。

ネオン街はアルコールの匂いに満ちていた。一見すると華やかな空気の下に、鋭利なトゲが潜んでいるような感じがする。

涼子たちは街をうろつき、情報集めに奔走した。聞きこみだけでは不十分だろうと、実際に店に行きもした。

「ここのナンバーワンは誰かしら」

身分を伏せて、あるホストクラブで涼子は尋ねた。支配人らしき人物は怪しげな笑みを浮かべながら、奥に向かって名前を叫んだ。

「指名入りまぁぁすっ！」

出てきたのは長髪にスーツ姿の男だった。

――こんなののどこがいいの？

内心で呟きつつ、店の中に通される。が、高級なシャンパンを何杯か飲んだところで切りあげることにした。

「涼子さん、どうでしたか？」

別の店を探っていた部下が聞く。

涼子は首を横に振りつつ逆に尋ねる。

「そっちこそ、どうだったの？」

その部下に行かせたのは、裏の世界では有名なガールズバーだった。

「それが……」

部下は顔を曇らせる。

「なんだか捜査をするうちに、この業界の人間ではないのではという気がしてきまして……」

「詳しく聞かせて」

「ホストやホステスたちが人を乗せるのがうまいのは間違いないと思います。ですが、どこか浮ついたところがあるというか……」

涼子は頷く。

「わたしも同じことを考えてたわ」

それに、と、つづける。彼らは幾分か酒の力を借りておだてているような節もあり、褒め殺人鬼にしては、ひ弱な印象が拭えなかった。

「いったん振りだしに戻ったほうがよさそうね……」

仕切り直しで作戦会議が開かれて、次に候補にあがったのが、いわゆる太鼓持ちといわれる人々だった。

「その太鼓持ちは、どういうところにいそうかしら」

部下のひとりが口を開いた。

「この種のやからはひとりでは生きていけないので、誰かに寄生できる大きな会社組織に属していると思われます。そして上司に気に入られるので、出世を果たす傾向があるのではないでしょうか。ただし、実力が伴わないので中途半端な出世になって、本当の上層部にはいないのではと考えます」

「……狙うは大企業の中間管理職ってわけね」

涼子たちは、手あたり次第に足を運んだ。

「警察です」

訪問先の会社の社長はなんだなんだと青ざめたり、濡れ衣だと逆上したりしたものの、丁寧に事情を話せばおおむね協力的になった。

「中間管理職の人たちに会わせていただきたいんです」

社長による声掛けのもと、涼子たちは目ぼしき社員を呼びだして、ひとりひとりと面会をしていった。無論、少し話すだけで有望な人材であろうことが分かる社員もたくさんいたが、睨んだ通り、中にはいかにも太鼓持ちといった者も存在した。

「いっやぁ、警察のみなさんのお仕事は普段から尊敬してるんですよぉぉ、いやいやほんとに！　みなさんに比べると、私の仕事などくだらないっ！　あっ、お疲れでしょう？　ほらほら、コーヒーを淹れてきますんで、一緒に一服しましょうよぉ、ねぇっ？」

こんな軽薄な人間に流されるようでは警察官などやっていけない。そんなことを思いつつ、いや、こういうのが好きな人間も世の中には多いんだろうなぁと、涼子は半ば呆れ、半ば感心してしまう。

媚びへつらうのがうまい彼らは、鍛え抜いた二枚舌をもって何とか警察側に取り入ろうとした。けれど、それがかえって涼子たちの判断を後押しする結果となった。

「この程度の褒め方じゃあ、人なんて殺せないわね」

満場一致で、みなが頷く。

そして太鼓持ちも捜査対象から外れるに至り、事件はいよいよ迷宮入りの兆しを見せはじめた。

「涼子さん、最近、顔色があまりよくないですよ。働きすぎなんじゃないですか？」

部下のひとりが心配そうな顔で言う。

疲労感を滲ませた顔で、涼子は応じる。

「……こう何にも進展しないと、さすがにね」

彼女は思う。プライベートが充実していたならば、また違うんだろうけど、と。

仕事に擦り切れていくだけの日々。出会いのひとつもありはせず、家に帰ると孤独が襲う。肝心の事件も解決の糸口すら見えやしないし、自分はいったい何をやっているんだろう……。

ちょっと、息抜きが必要かもなぁ。

そう思い、涼子は久々に仕事を早く切りあげて、近所のバーへと足を運ぶことにした。

ひとりでぐずぐず、酒を呷っているときだった。

不意に声を掛けられた。

「お隣、よろしいですか？」

見ると、紳士的な風貌の青年が立っていた。

「もしお邪魔でなければ、ですけれど」

押しつけがましくない態度、そして控えめで落ち着いた声が心地よかった。酒も進み、ちょうど人恋しくもなっていた涼子は、少し迷ったあとに頷いた。

「こちらこそ、わたしなんかでよろしければ」

青年を隣に座らせると、二人で酒を飲みはじめる。

しばし雑談したあとだった。

「なんだか、ずいぶんお悩みのようですね」

青年は、おもむろに口を開いた。

「厚かましい申し出ですが、私でよければお聞きしますよ？」

その言葉に誘われたのは、酔っていたこともあっただろう。が、このたった数十分で、涼子は青年に好意を抱きはじめていた。どんなことでも受け入れてくれそうな、懐の深さ。彼にならら、心を許して何でも話せそうだった。

涼子はぽつりぽつりと日頃の愚痴をこぼしだす。青年は適度な相槌(あいづち)を打ちながら、静かに耳を傾ける。

しかし、彼女は知るよしもない。

最良の褒め上手が、最良の聞き上手も兼ねているということを。

あの人の手

このフォークでしょ。いいのいいの、ナイフと置き間違えたわけじゃなくって。使うのは一本だけだけど、こうして二本並べておくと落ち着くっていうか。

分かる？　うん、フォーク自体もちょっと変わったものなの。このあいだ雑貨屋で見つけて愛用してて。これのおかげで、ずいぶん心が救われたなぁ。

でも、ここまで立ち直ることができたのは、やっぱりあなたが居たからこそ。一番つらいときにそばに居てくれて、どれだけ励まされたことか。持つべきものは親友だって、心底思う。

今日はね、そのお礼も兼ねて。

感謝をこめて腕によりをかけて作ったから、遠慮せずにどんどん食べて。口に合うといいけれど。

あの人が亡くなって、もうすぐ一年。時間が経つのはほんとに早いわね。

そうね、立ち直ったって言っても、いまでもやっぱりつらさは残ってるのが正直なと

ころ。でも、近ごろはあの人が元気だったときのことを涙なしでも思いだせるようにな
った。こうして気軽に話せるようにもなった。自分のことながら、ここまでこられて本
当によかった……。
学生のころからの付き合いだったから、思い出は数えきれないほどたくさんあって。
いろんなところに二人で行ったなぁ。
旅行でしょ、雑貨屋めぐりに、カフェめぐり。並んで歩いた河原の土手。あのときつ
ないだ手の温もりは、いまでもはっきり思いだせる。
わたしがいちばん好きだったのが、あの人の手だったの。
男の人なのに華奢で、すらっと伸びた長い指に大きい手のひら。冷たいわたしの手を、
よくぎゅっと握りしめてくれていた。
あの人の手に触れてるだけで安心できたし、手の形を眺めてるだけで心が落ち着いた。
だけど、あの人の手には困ったところもあった。
食事をしてると、ちょっと目を離した隙に、わたしの分をつまみ食いするの。自分の
がまだ残ってるのによ。
こっちが怒ってみたところで、

「悪いのはこの手で、おれじゃあない」

なんて、いたずらっ子みたいに笑うわけ。呆(あき)れるでしょ。

いつもそんな調子だから、そのうちわたしもあきらめて、適当に付き合ってあげるようになった。人を困らせたいだけの幼稚な遊び。ほんと、子供といっしょ。

だけど、そんなあの人にも少しは男らしいところもあって。

「ずっとそばで守るから」

そう言って、おそろいの結婚指輪を薬指に通してくれたときのことは一生忘れられやしない。なんだかんだ、幸せな毎日だったなぁ。

だから、病気が分かって、もう長くはないって知ったときは、とてもじゃないけど現実を受け入れることができなかった。そのうち奇跡が起こって、何事もなかったかのように普通の日々に戻るんじゃないかって、本気で思ったこともあった。

でも、どうにもならなくて、時間だけがただ過ぎていって。涙も涸(か)れるほど泣きつくして、いま思うと情けないけど、途中からは逆に彼から慰めてもらったりして。

「大丈夫、ずっと一緒にいるからさ」

優しく掛けてくれた言葉は、いまでも耳に残ってる。

別れのときはあっけなかった。

冷たいわたしの手よりもさらに冷たくなっていく、あの人の手。それを強く握りしめてた最期の時間。

あのときほど自分の無力さを感じたことはなかった。最期はあんまり苦しむことなく静かに息をひきとったのだけが、救いと言えば、救いだったのかもしれないわね。

それからのことは、あなたもよく知ってのとおり。

気持ちはぜんぜん切り替わらなくて、何をするにも無気力な日々がつづいた。起きたら夕方で、気づいたら朝になってたみたいなこともしょっちゅうで。食事もほとんど喉を通らなかったから、身体もずいぶん痩せ細った。

心配したあなたが面倒を見てくれるようになったのは、そんな最後の一歩を踏みだしてしまう直前のことだったわね。いくら親友だからって、家庭もあるのに、あんなに親身になってくれて……あなたがいなかったら、いまごろ自分はどうなってたか……考えるだけでぞっとする。感謝の言葉をいくら言っても足りないくらいなんだけど、改めて

……本当にありがとう。

それで、ついこの間のことなの。

久しぶりに一人でふらっと街に出て、あの人とよく行ってた雑貨屋に足を運んでみて。

そこで、あるものを見つけたの。

一瞬、息が止まるかと思った。

それが、この二本組のフォーク。

珍しいでしょ。フォークの歯って、四本のものが普通なんだけど、これは歯が五本もあるフォークなんだから。

それに、どう？　見てるうちに、なんだか人の手みたいに見えてこない？

このフォルム……じつはね、あの人の手の形にそっくりなのよ。

フォークを目にした瞬間、わたしは思わず言葉を失くした。直後、飛びつくようにフォークを買い求めてた。

生まれ変わりって、普通はその人の全部が別の何かになったりすることを言うじゃない。だけどそのとき、わたしの頭には妙な考えが浮かんでたの。

これは、あの人の手だけが生まれ変わったものなんじゃないかって。

それくらいこのフォークは、ほんとにあの人の手にそっくりなのよ。

こうやって左右に一本ずつ並べてると、机に乗せたあの人の手を眺めてるみたいで気持ちがすごく落ち着くの。そっと上から自分の手を重ねてみると、なんだか人の温もりみたいなものを感じたりもして。

最近は食事のときだけじゃなくて、暇を見つけてはフォークを二本こうして並べて、あの人との懐かしい思い出に浸って過ごしてるというわけなの。

フォークが人の手に見えるだなんて、寂しさゆえの妄想だって思われても仕方がないでしょうね。ましてやそれが、亡くなった夫の手の生まれ変わりに思えるだなんて、ねぇ。

でも、このフォーク、わたしは本気であの人の手の生まれ変わりなんじゃないかと思ってる。

見えるかしら、こっち側のフォークの、この部分。左から二番目の歯のところ。付根のあたりが小さく盛り上がってるじゃない？　わたしの薬指についてるやつと比べてみてよ。ね？　これと同じ指輪みたいに見えるのは、自分だけじゃないと思う。

「ずっとそばで守るから」

このフォークを眺めてると、あの人の言葉は嘘じゃなかったんだなぁって……ごめん、やっぱりまだ涙は涸れてなかったみたいね。

あっちの世界に行ってしまってからも、姿を変えてまでわたしをちゃんと見守ってくれてる……愛着って言葉じゃ表現しきれないほどの気持ちを、わたしはこのフォークに抱いているの。

でもね、困ったことがひとつだけ。

あの人の悪い癖。目を離した隙にやる、つまみ食い。

見てよ。

話に夢中になってるあいだに、ほら、もうないでしょ?

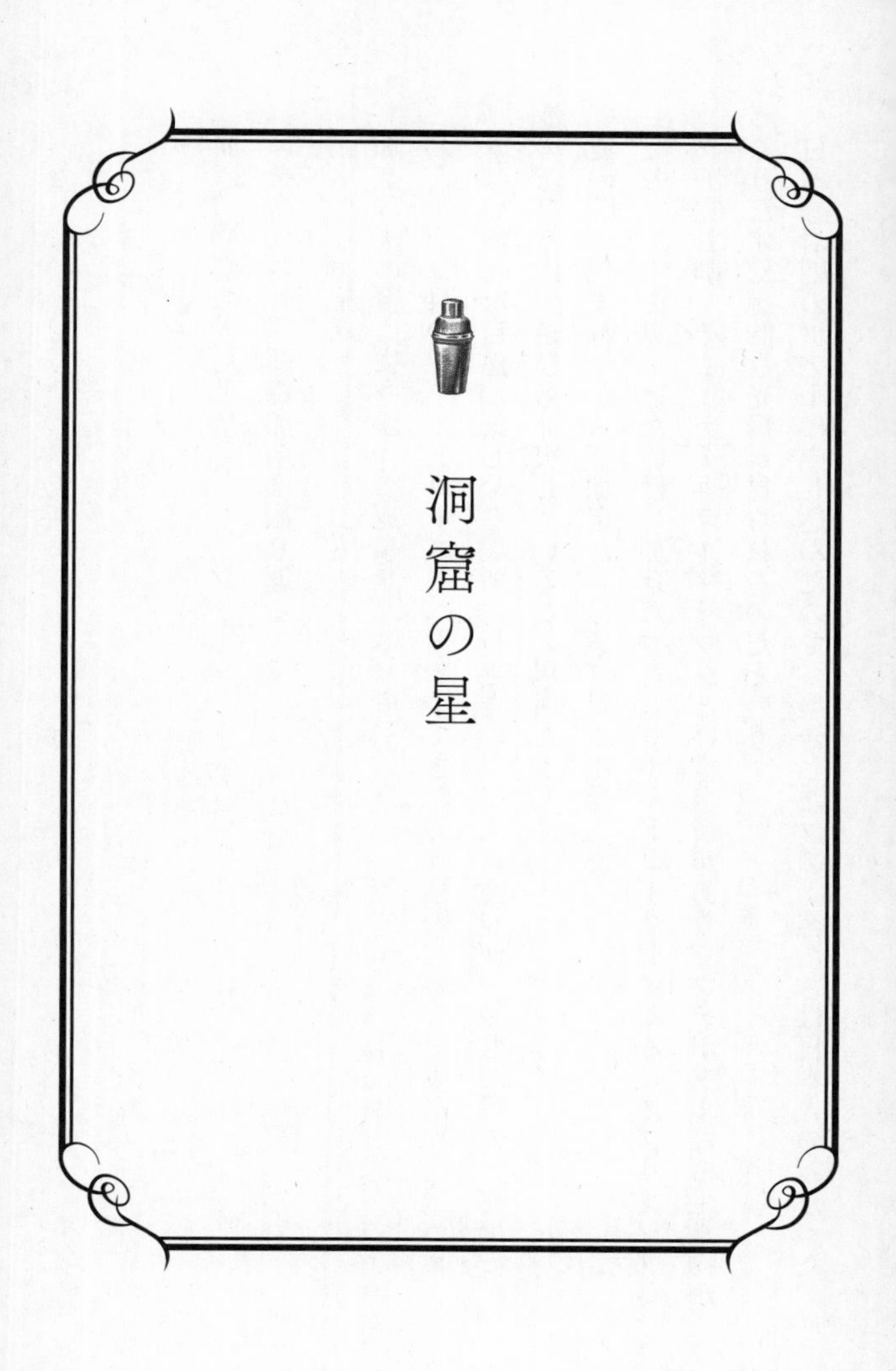

洞窟の星

「加奈(かな)、準備できたー？」

声を掛けられ、藤森(ふじもり)加奈は振り返る。

「うん、いま行く」

加奈は夫の賢人(けんと)に向かって返事をする。

二人が十二月のゴールドコーストへとやってきたのは結婚式の二日後だった。ハネムーンはいろんな自然が楽しめる場所に行きたい。二人の意見が一致して選んだ場所が、海の遊びも山の遊びも充実しているこの場所だった。

夏の闇に包まれながら、加奈たちは急ぎ足で出発した。

このツアーを見つけたのは、加奈だった。ゴールドコーストにある、スプリングブルック国立公園。そこにナチュラルブリッジという場所があり、ツチボタルなる生き物がつくりだす幻想的な光景が見られるのだという。

日本語対応のツアーに申し込んだので、集合したツアー客たちは日本人のみだった。

若いカップルに混じって、素敵な雰囲気を放っている親世代の夫婦も見受けられた。一行は懐中電灯を片手に持って、ナチュラルブリッジにつづく道へと入っていく。周囲の熱帯雨林からは鳥の鳴き声が聞こえてくる。

「わ！　加奈、上見てみ」

歩きながら、隣で賢人が空を見ている。同じように見上げると、きらめく砂をちりばめたような星空が広がっていた。

「すごい星……」

加奈の口から溜息（ためいき）がもれた。

「あれが南十字星だな」

賢人の指の先には、強く輝く四つの星が見える。

「星を結んだら十字形になってるでしょ？　サザンクロスともいうんだって。あっ、隣がケンタウルス座かな……」

「へぇ……ってか、なんでそんなに詳しいの？」

「調べてきたんだ。南半球じゃあ、北半球では見られない星座があるって聞いて」

賢人は笑う。

「しかも、それだけじゃなくて。北半球で見られる星座も、南半球から見たら違うように見えるんだ」

「どういうこと？」

「南半球から見える星は、ぜんぶ北半球の逆になってるんだってさ。オリオン座を見るとすぐ分かるってネットには書いてあったけど。上下が入れ替わって、ほんとに逆さに見えるんだって」

「そうなんだぁ……」

　感心しているとガイドが止まり、灯りを周囲に照らしはじめた。現れたのはカーテンのような樹木だった。ストラングラーフィグツリー。他の木に巻きついて締めつけるので、別名、締め殺しのイチジクとも呼ばれているとガイドは言った。

　一行は再び進み、坂を下へ下へと降りていく。遠くで聞こえていた何かの音が大きくなって、滝の音だと判明する。

　ライトを消すように指示を受け、加奈たちは懐中電灯の灯りを消した。あたりは真っ暗闇に包まれる。そのまま洞窟の中に入っていって、足元に気をつけながらゆっくり前に進んでいく。気をつけろよと言いながら、賢人が手を貸してくれる。

ガイドの声で、全員がその場に足を止めた。

上を見て。

加奈はガイドに言われた通りに天を仰いだ。

そのときだった。

「うわぁ……」

加奈は目を見開いた。洞窟の天井が青白い光で満たされていたのだった。

「これがツチボタル……」

まるで天然のプラネタリウムだと、加奈は思った。

すっかり見惚(みと)れていると、やがて賢人が口にした。

「ねぇ、こうやって見てるとさ、なんだか星座が見えてこない？　ツチボタルの光の粒を勝手に結んで。ほら、あのへんに四角い星座がある……あれはスマホ座だな」

「スマホ座？　なにそれ」

笑いながら、加奈も応じる。

「じゃあ、あっちにあるのはメガネ座じゃない？」

「どれだよー」

しばらく空想の星座探しをしていると、加奈は突然、あっ、と声をあげた。

「どうかした？」

賢人が心配そうに言う。

「ねぇ、いま、流れ星みたいなのが見えなかった？」

「流れ星？　ツチボタルが動いたの？」

「ううん、もっと速くて、しゅっと……ほら！」

「どこどこ？」

首を傾げる賢人をよそに、加奈は青白い光の粒を凝視する。

「ほら、また！」

「ぜんぜん見えないけど……加奈の錯覚なんじゃないの？　でもまあ、流れ星が見えるんだったら、願い事でもしてみたら？」

冗談交じりに賢人は言う。

たしかにと、加奈は心の中ですぐに願い事を思い浮かべた。が、先ほどの賢人の言葉が不意によみがえってきて、咄嗟に願い事を変えた。

次にツチボタルの流れ星が加奈の瞳に映った瞬間――心の中である言葉を呟いた。

黙ったままの加奈に、賢人は尋ねた。

「なになに、願い事はちゃんと言えたの？」

「うん」

加奈は天を見たまま頷いた。

「で、なんて？」

「知りたい？」

「知りたい」

「えっとね……」

加奈は賢人の耳元に口を寄せる。

「こう願っといた。賢人と二人で、冷たぁぃ家庭が築けますようにって」

「えっ？」

賢人は耳を疑った。

「冷たい？　えっ？　温かい、じゃなくて？」

途端に戸惑いはじめてしまう。

すると加奈は、ふふ、と笑った。

「あのね、賢人がさっき言ってたことを思いだして願い事を変えてみたの」

「もしかして、おれ、何か空気読めないこと言った……？」

「ううん」

加奈はつづける。

「ほら、南半球の星は北半球とは逆になってるって賢人が教えてくれたでしょ？　だからわざと、冷たい家庭になるようにって願ったの。日本に戻れば、願い事も星と同じで逆になるんじゃないかと思って」

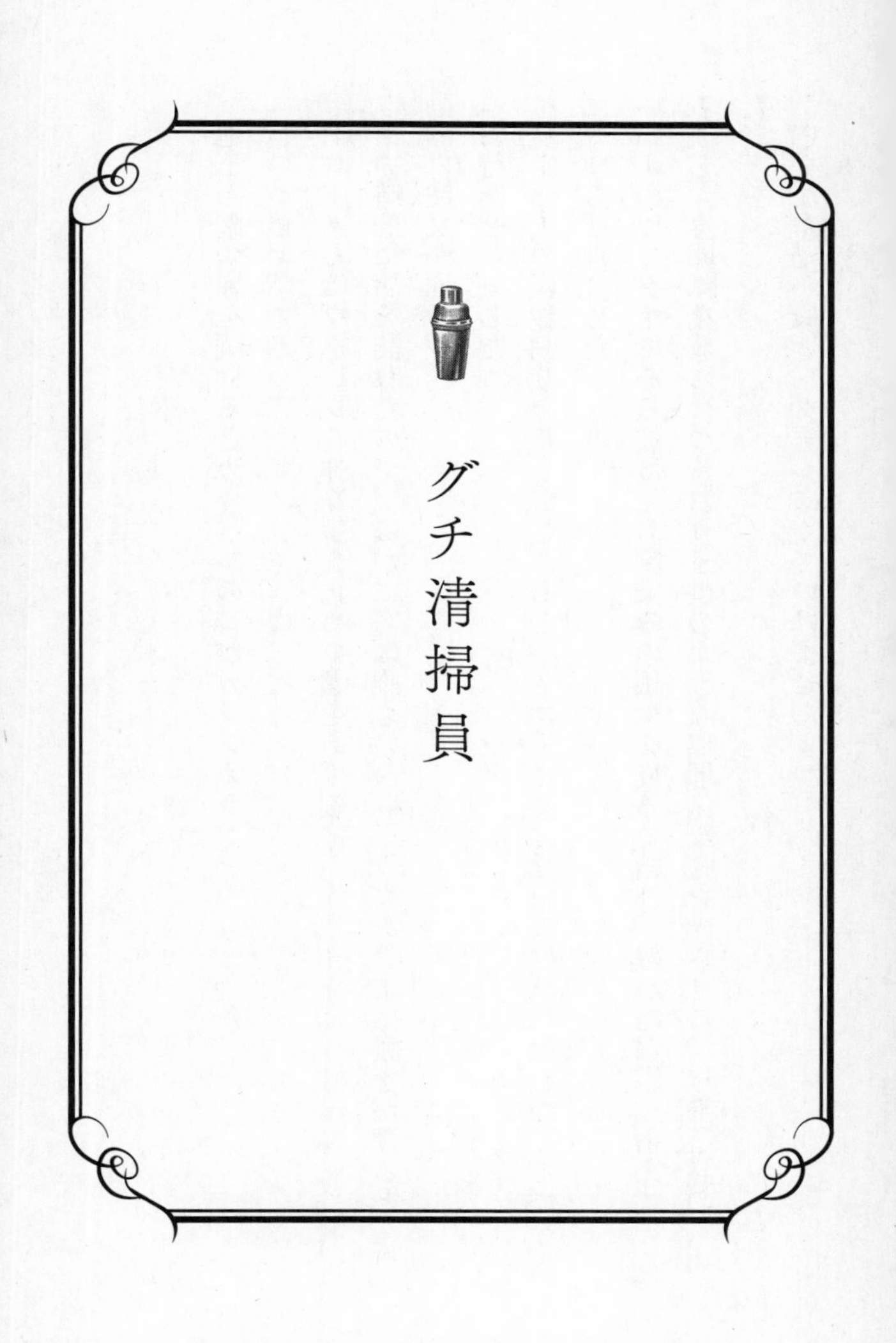

グチ清掃員

地下一階の扉を開けるとカウベルの音がカランカランと鳴り渡った。

「いらっしゃい」

トニーさんはウクレレを弾く手を止めて顔をあげる。

早い時間に店を訪れたので、ほかに客は誰もいない。カウンターに腰をかけると、自動的に注文が通る。

「お待たせしました」

ハーパーの炭酸割りを差しだしたあと、トニーさんは愛用の煙草に火をつけて煙を天にくゆらせはじめた。

バーのマスターである彼は、お馴染(なじ)みの銀髪を後ろで結び、豊かな白鬚(しろひげ)を蓄えている。老成した雰囲気を放ちつつ時おり子供のような無邪気な瞳を光らせる、年齢不詳の人物だ。

「……なんだか最近、グチっぽくていけませんよ」

雑談程度に、私はグラスを磨くトニーさんに話しかけた。

「同僚にお得意さんへの不平を言ったり、上司や部下への不満を言ったり……よくないなと思ってやめようとはするんですが、気がつけばこぼしていて……周りからグチを聞くことも多くなってるような気がします。まあ、こんな話自体も、考えてみればグチなんですけど」

乾いた笑い声をあげ、私はグラスを傾ける。

トニーさんは、分かりますよ、と口にした。

「きっと、世の中全体が疲れてしまっているんでしょうねぇ。近ごろでは、グチ清掃員なんて人も出てきているくらいですから」

「グチ清掃員？」

「ええ、その名の通り、グチを掃除する人たちです」

「……どういうことですか？」

聞き慣れない言葉に私は困惑してしまった。

トニーさんは語りはじめる。

「よく、グチをこぼす、なんて言いますが、グチというのは口にすると、本当にあたりにこぼれてしまうものでしてね。床や壁に見えない汚れとなって広がって、放っておくと沁みついてしまうんです。そうしてやがて、周囲に悪影響を及ぼしはじめる。だんだんその場所の空気が悪くなって、いっそうグチが生まれやすい環境になっていくんですよ。

そこで昨今活躍しているのが、グチ清掃員の人たちです。彼らは特殊なモップで、こぼれているグチを拭きとってくれましてね。ご時世柄、彼らに清掃を依頼する会社は急速に増えていっているようですね」

「ははあ、そんな人たちが……」

妙な世の中になったものだなぁと思いつつ、私は呟く。

「うちの会社も導入すればいいのになぁ……」

「すでに雇われているかもしれませんよ。まだ目立った効果が現れていないだけで」

トニーさんは言う。

「彼らは社員のいない業務外の時間で作業をすることが多いので、出くわすことは少ないんです」

あっ、と私は思った。

そういえばこの頃、早い時間に会社に行くと青い作業服姿の人を見かける。彼らはせっせと床や壁を磨いていて、朝からありがたいなぁと、すれ違うたびに感謝をこめて会釈をしていた。

あの人たちがグチ清掃員なのだろうか。

そのことを伝えると、トニーさんは言った。

「おそらくそうでしょう」

ちなみに、と、彼はつづける。

「オフィスの中だけではなく、ビルなんかの外壁についたグチを掃除してくれる人もいましてね」

「外壁を？」

「道行く人たちがこぼしたグチが、風にあおられてこびりつくんです」

私はまたもや心当たりに思い至った。

同じくこの頃、仕事中に窓の外をゴンドラが行き来するのを目にする機会が増えていた。ゴンドラはビルの屋上から吊るされて、清掃員の人たちがいつも丁寧に掃除をしてくれている。が、最近やたらと数が多いなとぼんやり思っていたのだった。

そうそう、と、トニーさんは口を開く。

「清掃員の人たちの中には特殊部隊に所属する方もいましてね。オフィス街にある居酒屋なんかに出動するのだと聞いています」

トニーさんは語る。

毎夜、膨大な量のグチがこぼれるそれらの店では、普通のグチ清掃員では太刀打ちできないほどに汚れが激しいのだという。そこで強力だが毒性のある洗浄液を駆使して汚れに立ち向かう部隊が立ちあがった。彼らはガスマスクをつけて、居酒屋の開店前、午前中の時間を使って掃除に勤しむ。

清掃後の居酒屋は、空気が一変するのだという。見た目に違いはなくとも、満ち溢れている清涼感がすがすがしい気持ちにさせてくれる。いつもは酒を飲みながら単にグチをこぼすだけだった人たちも、ネガティブな発言をするのがなんだか躊躇われるようになり、建設的で希望に溢れた未来のビジョンを熱く語りあうようになるらしい。

「まさしく、掃除によって心までもが清められるということですね」

「なるほどですねぇ」

私が感心していると、ただ、と、トニーさんは付言した。

「そうしていろいろな場所がきれいになっていくのはとても良いことなんですが、ちょっと困った事態も起こっているようでして」

「なんですか？」

「掃除をしたら、どうしても事後の処理が必要になるでしょう？　分かりやすく言えば、拭き取ったあとのグチの行方のことですよ」

「処理？　汚れなら、水に流したりするんじゃないんですか……？」

その先なんです、と、トニーさん。

「水に流されたグチはやがて下水処理場にたどりついて、浄化されるわけなんですがね。近頃の需要増でその量が多くなって処理が追いついてないようで、浄化を待つ大量のグチはタンクに貯められたまま、敷地内に置かれているんだそうですよ。

タンクからはグチが漏れ聞こえてくるらしく。

いま下水処理場では作業員の不平不満が止まらなくなっているということです」

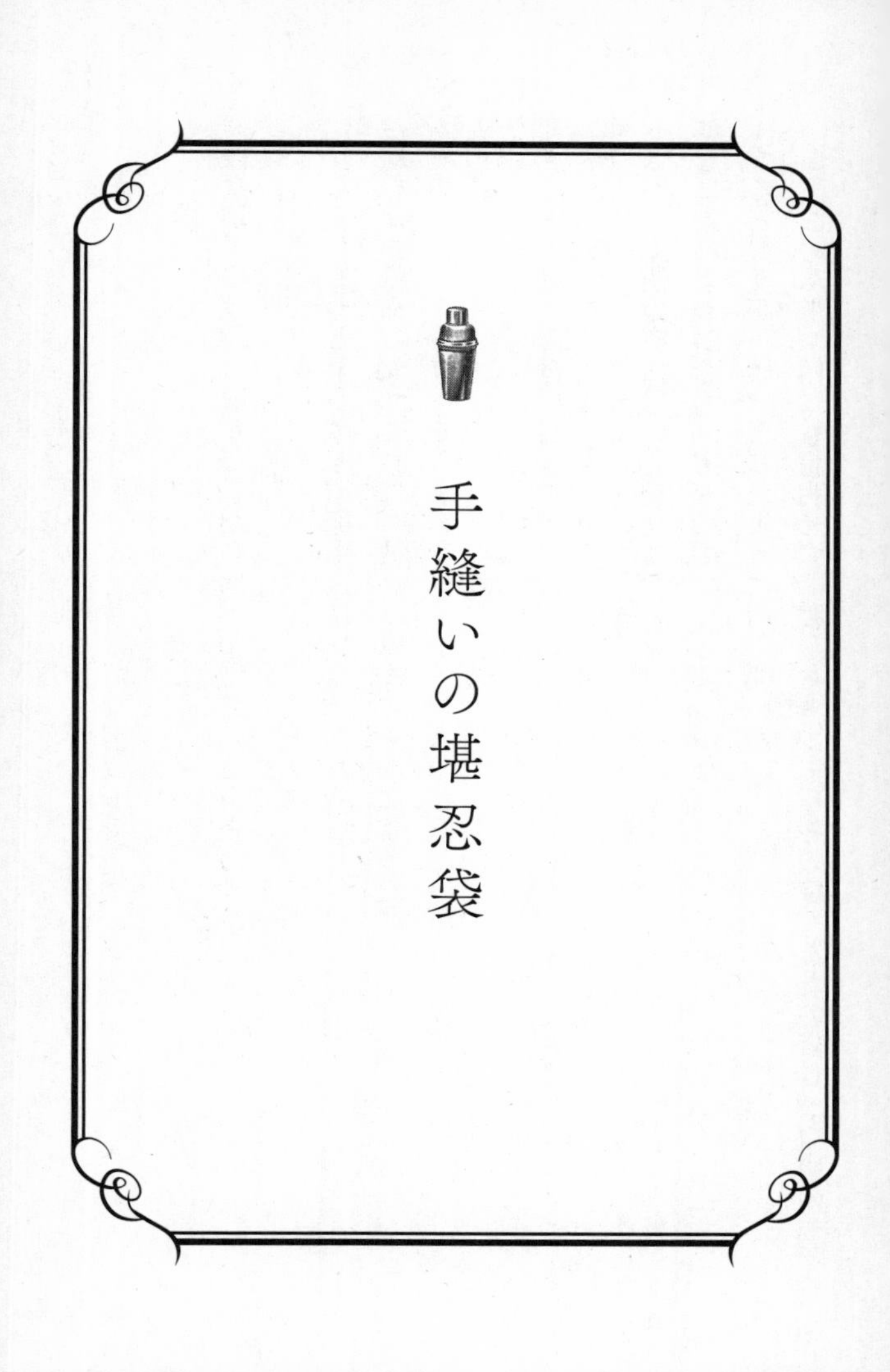

手縫いの堪忍袋

彼女が手提げから取りだしたのは、布でできた小袋だった。

「これって……」

「うん、ちょっと早いけど、誕生日プレゼント」

緩む頬を懸命に保つおれに、彼女は気まずそうに言った。

「ただ、じつは手作りで……そういうの、ちょっと重たいかもだけど……」

「全然！　めちゃくちゃうれしいよ！」

ぎこちないその縫い目からは、彼女の苦労が見てとれた。もうそれだけで、おれの心は満たされた。

さっそく使い道に思いを馳せる。

「なに入れよっかなぁ。鍵入れにでもしよっかな」

すると彼女が、ハッとしたように口を開いた。

「あ、ごめん！　何にも説明せずに渡しちゃって。その袋、ただの袋じゃないの」

「どういうこと？」

「堪忍袋っていうもので」

「……う、ん？」

　唐突な言葉に、何と返事をすればいいのか分からなかった。彼女は、こういうときに冗談を言うような性格じゃない。でも、本気にしてはあまりに突拍子がなかった。

「えっとね、何から言えばいいのかな……ちょっと待って、頭の中を整理するね」

　しばらく口をつぐんでから、彼女はつづけた。

「その袋はね、わたしの生まれ育った町で昔から作られてる伝統工芸品なの。わたしのお母さんも、その職人のひとりで。まあ、わたしはその血を受け継がなかったみたいで、小さいころから不器用だったんだけどね。だから、これがほとんど人生で初めての堪忍袋」

「うんと、その、堪忍袋っていうのは……？」

「よく言うでしょ？　堪忍袋の緒が切れた、とか。あの袋のこと」

「本当に……？」

「もちろん。堪忍袋は実在するの、こうしてね」

おれは、手の中のものをまじまじと見つめた。

「使い方は、とっても簡単。イヤなことがあったときに、袋に向かって思いの丈を吐けばいいの。すると身体の中がすうっと軽くなって、すごく清々しい気持ちになる。袋はだんだん大きく膨らんでくから、ぱんぱんになったところで新しい袋に替えればいいだけ」

「そんなものがあったなんて……」

堪忍袋など、架空のものだとばかり思っていた。

おれは自分の無知に恥じ入りながら俯いた。

「ううん、知らないのも無理ないよ。だって、この袋の生産が持ち直したのも最近のことなんだもん。一時期は、いくら作っても売れなかったり、後継者が不足したりで、もうダメだって言われたときもあって。時代が変わって、わざわざ堪忍袋に頼らなくたってストレスのはけ口は他にもたくさんできたしね。

でも、若い人のあいだで何とかこれを復活させようって動きが出はじめて、ポップなデザインを取りいれてみたり、違う分野とコラボしてみたりして。いろんな新しい風を入れるようになってから大きく流れも変わったみたい。おかげで、いまじゃ人手が足りなくて、お母さんもひーひー言ってる。堪忍袋は保管しておくスペースも必要だから、家に置いておけない人の預かりサービスなんかもはじめたみたいね。

わたしも小さいころから、堪忍袋にはずいぶん助けられたなぁ。男の子にいじめられたときでしょ、友達とケンカしたときも。あと、お母さんに叱られたときなんかもかな」

彼女は楽しげに笑った。

「だから、わたしはぱんぱんに膨らんだ堪忍袋をたくさん持ってるの」

「たくさんって……それこそ、その膨らんだ袋の緒が切れたりしたらヤバいんじゃないの？　たまった怒りが全部まき散らされそうだけど……」

「それが、そうじゃないの。うちの町で作られる堪忍袋には単にイヤなことを閉じこめるだけじゃない、特別な力があって」

彼女はつづける。

「この袋はね、閉じこめたイヤなものを幸せなものに変える力を持ってるの。感情を袋の中で熟成させるみたいなイメージかな。熟成させた袋を開けて中身を吸うと、とっても幸せな気分になれるってわけ。時間をおけばおくほど、幸せの濃度は高くなるの」

「なんだかワインみたいだなぁ……」

「町の資料館にはね、堪忍袋が作られるようになった江戸時代のころから残されてるものもあって。大名家の末裔にあたる家の蔵の中から見つかったんだって。売り物じゃないけど、あれを吸えば天にも昇る思いだろうなぁ」

彼女は語る。一説によると、もともと堪忍袋は徳川家にゆかりのある一族により、戦国時代に蔓延していた負の感情を閉じこめるために作られるようになったものなのだと。堪忍袋を作った人々こそ、江戸に泰平をもたらした陰の立役者と言われている。人々の怒りや憎しみをうまく収め、世の混乱を鎮めるのに重要な役目を担っていた。

「ちなみに最初にわたしが気持ちを袋に閉じこめたのは、幼稚園のとき。その袋だけは、ずっと取ってあって」

「なんで吸わなかったの?」

「なんとなくタイミングを逃しちゃって。でも、いまではね、いつか人生で一番幸せなときに袋を開けて、幸せの絶頂をうんと超えて、もっともっと幸せな気持ちになりたいなぁって思ってるんだ」

彼女の無邪気な笑顔に、おれは改めて、この人が好きだなぁと思った。

彼女は言う。

「この袋は昔お母さんに教わったのを思いだしながら作ったものなんだけど、ちょうど良い機会だし、わたし、お母さんから堪忍袋の作り方をもう一回ちゃんと習って腕をあげていきたいなって思ってる。だから、それ、不格好だけど……大事に使ってくれたらうれしいな」

気まずそうに視線をそらす彼女に、おれは強く口にする。

「もちろん！」

再び視線が合って、彼女は口を開く。

「あとね、これはわたしの人生の目標なんだけど」

彼女は、はにかみながらつづけた。

「わたしもいつか、堪忍袋みたいな人になりたいなぁって思ってるの。イヤなことを吸いとって、その分だけの幸せを返してあげられるような存在に。もちろん、誰か一人にとって専用の。

ふふ、これ以上は言わないからっ」

夜のマーケット

浅岡洋介は、物心ついたときから男の人が好きだった。なぜ好きなのかをうまく説明することはできなかったが、理屈ではなく好きになる対象が男性なのだ。

自分がいわゆるゲイだと知ったのは高校生のときだった。小説にゲイが登場し、それで初めて自覚を持った。けれど、いまだに周囲にカミングアウトはしておらず、近しい友人、それからパートナーの中野涼がそのことを知っているのみだ。

「付き合って三年目だし、記念に海外にでも行ってみない？」

誘ってきたのは涼からだった。

「オーストラリアなんて、どうかな？　十二月なら、ちょうど夏で寒くないよ。ぼくたちみたいな人も多いって聞くし……」

日本では、二人で出歩くことはあまりない。周囲の視線が気になるからだ。

たしかにオーストラリアなら、少しは開放的な気分を味わえるかもしれないな。そう思い、洋介はゴールドコースト行きを決めたのだった。

滞在数日目の夜に、二人はマイアミマーケッタという場所を訪れた。そこは週末だけ開かれる国内屈指のナイトマーケットということで、現地人にも観光客にも人気のスポットだと聞いていた。

くだんのマイアミマーケッタは、入口から大賑わいだった。老若男女、おひとりさまからファミリーまで、多くの人で溢れていた。「Miami Marketta」と書かれた看板はピンクと黄色のネオンで光っていて、フラミンゴのような鳥のイラストがあしらわれている。

アーケード状になった場内に入ると、隠れ家に来たような気持ちになってワクワクした。洋介たちは人混みを縫うように歩きながら中を回った。

アンティークを置いている店があり、アクセサリー屋や服屋も出ていた。そのどれもが独特の熱気を放っていて、見ているだけでなんだか楽しくなってくる。

「ねぇ、そろそろ、お腹空かない？」

「だね」

二人は顔を見合わせ、ニヤリとした。たくさん並ぶ店の中で、特段、洋介たちの心をときめかせたのは、なんといってもフードコートだったのだ。

マイアミマーケッタには、色鮮やかな世界各国の料理を出す店が無数にあった。ピザ、小籠包（ショウロンポウ）、ハンバーガー、ケバブ、ナン……挙げはじめるとキリがなく、どれもに胃袋を刺激された。

「ほんと迷っちゃうな」

涼は嬉しそうにはしゃいでいる。

「どうしよう……うーん、ぼくはケバブにしよっかな。洋介は？」

「そうねぇ……ピザにしよっかな」

別の店でカクテルを買い、洋介たちは空いていたフリーの席に腰掛けた。がやがやという声に混じって、遠くのほうからバンドの生演奏が聞こえてくる。

空腹に流しこむ酒の効力は抜群で、二人はすぐに、ぽぉっと良い気持ちになった。酒の酔いに加わって、場の賑やかな雰囲気にも酔わされる。食事をしながら何だか甘い気持ちになってきて、洋介と涼は無意識のうちに空いた手と手を握り合った。

と、洋介の斜め前の空いた席に、ひとりの女性が腰を下ろした。なんとなく視線を向けると、女性はビールを飲みながら、意味ありげな微笑（ほほえ）みを浮かべていた。

洋介はドキッとして、慌てて涼の手を離した。驚いた涼は洋介を見て、つづいて隣の女性を見た。

「ちょっとちょっと、なんで離しちゃうの？　わたしが邪魔をしたかしら」

女性はつづけた。

「ごめんなさいね……わたしはアンナ。シドニーから来たの。あなたたちは？」

洋介たちは流暢（りゅうちょう）な英語で返事をする。

「日本の東京というところから来た、洋介です」

「涼といいます」

「ヨウスケ、リョウ」

アンナは二人と握手を交わした。

ところで、と、アンナが言った。

「どうして手を離しちゃったの？　わたしが見たってことが理由？」

二人が答えず黙っていると、やがてアンナは優しい笑顔で言葉を継いだ。

「ねぇ、このマイアミマーケッタって、異文化のるつぼだと思わない？　料理も飲み物も、いろんなものが混ざり合ってできてる空間……それはここにいる人間にだって同じことが言えるわよね。いろんな価値観や考え方を持ってるすべてのものがお互いを認め合いひとつになって、初めてこの空間が成立してる。だから表面的な区別なんて、ここには何も存在しないの。

もっと言うとね、この国だっておんなじよ。表面的な区別——あなたたちの場合でいうと性別だけど、そんな差なんてオーストラリアでは関係ないわ。あなたたちが望むようにすればいいのよ。大切なのは、みんながひとつだってこと。分かる？」

群衆の間を、トランペットや民族楽器を抱えた音楽隊が練り歩く。

「ね？ あなたたちも、胸を張ってひとつになりなさい」

アンナは洋介と涼の手を取った。そして強引に手を握らせると、陽気に二人の肩を叩いた。

洋介は、涼と目を合わせて苦笑する。人前で手をつなぐのなんて初めてだった。でも、躊躇いつつも洋介は手を離さなかった。涼も応えるように、優しくじんわり握ってくる。

その様子を見ていたアンナは、うんうんと満足そうに頷いた。

「分かってくれて、よかったわ。あなたたちは、これでちゃんとひとつになれた」

そして二人の握り合った手の上に、なぜだか今度は自分の手を重ねて言った。

「はい、これでわたしも、あなたたち二人とひとつになれたっていうわけね。そうよね？」
洋介たちが言葉の真意をつかめず曖昧（あいまい）に頷（うなず）くと、アンナは身を乗りだした。
「ということで、三人一緒になったんだから、それもちょっとくらいは分けてもらって
いいわよね？」
アンナはテーブルに置かれてあったピザとケバブを素早い手つきで口の中に放りこみ、
おどけた顔で舌を出した。

企画にララバイ

地下一階の扉を開けるとカウベルの音がカランカランと鳴り渡った。

「いらっしゃい」

月曜日の夜、早めの時間を狙って訪れたのだが、店にはすでに先客があった。カウンターの端に腰をかけると、トニーさんがすかさずグラスを出してくれる。

「どうぞ」

ハーパーの炭酸割りを口に含む私の前で、トニーさんは愛用の煙草に火をつけて煙を天にくゆらせはじめる。

バーのマスターである彼は、お馴染(なじ)みの銀髪を後ろで結び、豊かな白鬚(しろひげ)を蓄えている。老成した雰囲気を放ちつつ時おり子供のような無邪気な瞳を光らせる、年齢不詳の人物だ。

「最近、お仕事の調子はいかがですか?」

声を掛けられ、私は応じる。

「ぼちぼちですねぇ」

でも、と、つづける。

「なかなか良い企画を出せていなくて。前は企画書も時間を掛けて練る余裕があったんですが、この頃は慌ただしくて突き詰めて考えることができてないですね……いったん寝かせる時間が欲しいものです」

「寝かせる時間」

「ええ。いまもまさに企画を考えているところなんですが、今日お題が出されて提出が明日でして。きちんとブラッシュアップする時間が欲しいなぁと」

そう言ってグラスを傾けると、トニーさんは口を開いた。

「それなら、うってつけの方をご紹介できそうですよ」

私は思わずグラスを置いた。

「どういうことですか？」

「あちらの方です。前園(まえぞの)さん？」

呼ばれたのは先客の男性だった。トニーさんに手招きされて、私は戸惑いながらもその男性の席のほうへと移動した。

「前園さん、こちらの方は」

そう言って、トニーさんが私を紹介してくれた。

「どうも、初めまして……」

薄闇の中、その男性は五十歳前後に見受けられた。

挨拶もそこそこに、トニーさんは切りだした。

「いま彼は、企画を寝かせる時間がないとお悩みでしてね。前園さんのお力を貸していただけないでしょうか」

男性は優しい笑みを浮かべながら口を開いた。

「トニーさんのお願いとあれば喜んで。ところで、いまその企画書はお持ちですか？」

「えっ、はあ、まあ……」

「さっそく寝かせて差しあげましょう。たとえ社外秘のことが含まれていても秘密は厳守しますから、ご安心ください」

私は、次々と進んでいく話にまったく追いつけないでいた。

「あの、企画を寝かせるというのは……」

尋ねると、男性は言った。

「ははは、ちゃんとご説明しないと分かりませんよね」

　彼はつづける。

「私は物事を寝かしつける、寝かせ屋というのをやっている者でして。企画書や文章なんかは、少し時間を置いてから見直すと自ずと修正点や、より良くすべきところが見えてくるものですよね。ですが、そもそもその時間がとれないという人たちのために、私が代わりに寝かしつけて差しあげているんですよ」

「その寝かせるというのは……？」

「つくってから間もない企画書などは、ぐずついている赤ちゃんのようなものなんです。それを落ち着かせてぐっすり眠らせてあげるわけですが、普通は数日程度かかってしまいます。そこで私の出番です」

　トニーさんが横から言う。

「彼の手にかかれば、一瞬にして何でも寝かせ終わったあとの状態にしてくれるんです」

　ですが、と、私は尋ねた。

「いったいどうやってですか？　ただ放置するだけじゃないんでしょう……？」

「子守唄――ララバイです」

「ララバイ？」

「お見せしたほうが早いでしょう。よろしければ、企画書をお預かりさせてください」

笑顔のトニーさんにも促され、私は鞄から企画書を取りだした。それを男性に手渡すと、赤ちゃんを抱っこするように丁寧に懐へと抱えこんだ。

次の瞬間、私は呆気にとられてしまった。男性が突然、歌を唄いはじめたのだった。

「ねぇぇんねぇぇん、ころぉぉりぃぃよぉ、おこぉぉろぉぉりぃよぉぉ」

男性は低く重厚感のある美声で子守唄を口にする。そうして企画書に唄いかけながら、腕の中のそれをリズムに合わせてゆっくり揺らす。

「ぼぉぉやぁは、よいぃ子ぉだぁ、ねぇんねぇぇしぃなぁぁ」

彼は最後まで子守唄を唄い終えると、そのまま二周目に突入した。何度か繰り返したあとで、男性はゆっくり動作を止めた。

「さあ、ぐっすり眠りに落ちましたよ。目を通してみてください」

言われるがままに、私は差しだされた企画書のページをめくってみた。

すると、どうだろうか。先ほどまではそれなりに完成したかと思っていた企画書から、説得力に欠けるところや誤字脱字など、もっとブラッシュアップできると思しき箇所が次々と目に飛びこんでくるではないか。

　これが寝かせ屋――。

　私は男性の見事な仕事ぶりに舌を巻いた。

「いやあ、なんとコメントをすればいいか……いますぐにこれを修正したい衝動に駆られていますよ……」

　感謝の言葉を口にして、私は謝礼をお支払いしたいと申し出た。

　けれど、男性は笑いながら辞退した。

「今日はトニーさんのお願いですからね」

　それでも食い下がる私に向かって、男性は微笑んだ。

「では、お言葉に甘えてカクテルを一杯だけいただきましょう」

　これからもぜひお付き合い願いたい。そう伝えると彼は名刺を渡してくれた。

　重ね重ねお礼を言うと、私はさっそく企画書を修正すべく店をあとにしたのだった。

　その後、寝かせ屋の前園さんにはよくお世話になっているのだけれど、一度だけ、私は彼を真似（まね）て企画書の寝かしつけを自分でやってみたことがある。

しかし、素人（しろうと）が下手に手を出すべきではなかったと後悔した。

企画書は眠るどころか、夜泣き状態。しっちゃかめっちゃかに無駄な修正ばかり迫られて、その日は一睡もできなかった。

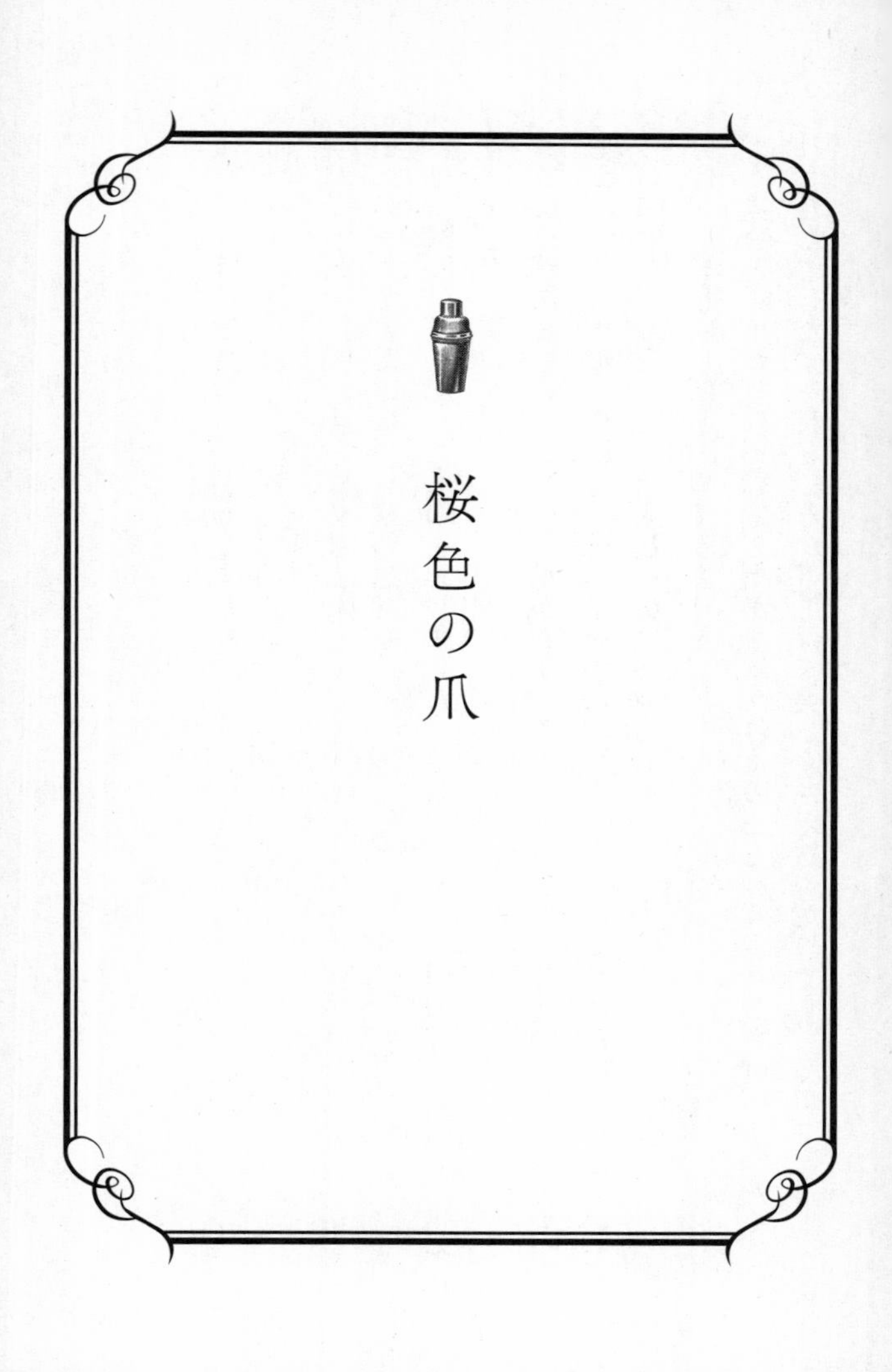

桜色の爪

道端でキラリと光るものがありました。

何だろう。

男はそう思い、拾いあげてみました。

道に転がっていたのは、一枚の爪でした。

男は、瞬間、ぞっとしたものを感じました。そして、わっと叫んで手を離し、爪を放りだしました。

ここに爪があるということは、爪が剝がれた人がどこかにいるということなのです。

しかし、もう一度、男は恐る恐る爪を手に取りました。いましがた抱いた爪へのただならぬ印象を、もう一度、確認したかったからです。

男は、爪をしげしげと眺めてみました。

よく見ると、爪からは不思議と指から剝がれたのだという生々しさは、まったく感じられませんでした。それどころか、爪は、美しくさえあったのです。

綺麗な桜色が、思わず我を忘れさせてしまうほどです。根元の白い部分も程よい感じで、理想的な爪だなぁと、男は思いました。

「この爪の持ち主は、きっと繊細な手をしているに違いない」

男は、呟（つぶや）きました。

きっと、かなりの美人に違いない。きっと、その人の髪を耳にかける仕草は、艶（つや）っぽいものに違いない。

爪は、人を表すといいます。

爪の持ち主と会ってみたいものだなぁ。

その日から毎日、男は、爪を拾ったあたりをうろつくようになりました。

なんの成果もあがらずに舌打ちをする日々がつづきましたが、とうとうある日、爪の持ち主にふさわしそうな、とびきりの美女を見かけました。

この人に違いない。男は確信し、思い切って話しかけました。

「もしもし、ちょっと」

女は怪訝（けげん）そうな表情で男のほうを見やります。

「わたくし、手相占いの見習いをしているものでして」

男は、用意していたセリフを口にします。不審がられないように、頭を絞って考えておいた言葉です。

「お時間はとらせませんし、無料でけっこうですので、少しばかり手を見せてくれませんか」

男は、はぁ、とか、ほぅ、などと口にしてみました。

それらしく見えるだろうかと、内心では、びくびくしていました。

「ふぅむ」

「なるほど」

「ははあ、これは」

男は、もっともらしく何度も大きくうなずきました。

「ずばり言いましょう。運命線が、鋭く曲がっているようです。それでは、これで」

そう言うと、男は、ぽかんと口を開けている女を残して、そそくさと立ち去りました。

爪は、この女のものではなかったのです。

それからも、男はめげずに、めぼしい人物を見かけては近づいていきました。そして、手相占いだと称してこっそり爪を盗み見てみたのです。

それらしい爪の持ち主も現れました。ですが、最後の確認のためにポケットからあの爪を取りだし、ひそかに比べてみると、どれも、どうもどこかが違うような印象なのです。男は、決定的な一押しを得ることができませんでした。

男につかまった人は、明らかな不審の表情を浮かべるようになっていきました。中には、急に駆けだす女の人もいました。

そういう人は、すぐに警察官を連れて戻ってきます。男はあわてて弁解をし、要領を学んでからは、事前に察知し、すばやく逃げだすようになりました。

男は、暇をみてはポケットから爪を取りだします。飾りつけなど必要のない美しい爪を眺めては、恍惚の溜息（ためいき）を洩（も）らします。

あるとき、男は、自分の爪をまじまじと眺めてみました。

それは、あまり気分のよいものではありませんでした。

薄汚れた、くすんだ爪。これが、自分の爪……。

男は、沈んだ気持ちになります。

哀しいけれど、自分はこの爪にふさわしい人物だと言えるのだろうなあ。

ふと、男は、桜色の爪を空にかざして透かしてみました。

綺麗な影が、男の瞳の中に落ちこみます。

と、男は突然、おかしな考えにとらわれました。

つけ爪をつけるようにして、桜色の爪を、自分の爪の上に乗せてみたのです。

そのとき、男は自分の中を何かがピリリと走るのを、たしかに感じました。

*

つい先ほどまで男が立っていたところには、代わりに、ひとりの女が美脚をすらりとさせて立っています。

男は、いったいどこへいってしまったのでしょうか。

女はカツカツとヒールの音を立てながら歩いていって、やがてショーウィンドウのあるところまでやってきました。

ガラスに映る自分の姿を見て、それに向かって満足そうに微笑(ほほえ)みかけます。

女が、つやつやとした髪を耳にかけると、ピアスがキラリと光りました。その手には、桜色の爪が全部で十、美しく潤っています。

女はやがて、またヒールの音を立てながら遠ざかっていきました。
道端には、薄汚れたくすんだ爪が、落ちていたとか、いなかったとかいうことです。

手ぶらのキャンプ

藤森賢人と妻の加奈はゴールドコーストでの滞在中、グランピングをすることにした。

「グランピング？　なにそれ」

ハネムーンの計画を立てているとき、加奈の放った言葉に首を傾げ、賢人は尋ねた。

「グラマラスなキャンピングで、グランピングっていうのがあって」

それができる場所がゴールドコーストにあるのだと、加奈は言った。

「ね？　絶対いいと思わない？」

加奈は賢人が言葉を発するより前に、つづけざまにWEBサイトを見せてきた。

「ほら、大自然の中で、至れり尽くせりのサービスが受けられるんだって。キャンプなのに、何も持っていかなくていいんだって」

その勢いに押され気味に、賢人は頷いた。

「じゃあ、まあ、そこにしようか……」

「やった！　予約はわたしがやっとくから！」

実際、次の日にはもう、加奈は手配をすべてひとりで済ませてくれていた。賢人と同じく、加奈も英語はできないはずだ。にもかかわらず、手際よくできてしまうのはなぜなのだろう。これが生きていく力というものか……そう思うと、頼りになるなぁと賢人は内心、感心するばかりだった。

到着すると、高級ホテルのようなキャンプ施設が賢人たちを待っていた。テントもタープも、すでに準備が整っている。きれいなキッチンにバスルーム。天蓋付きのベッドもあって、エアコンまで効いている。

——手ぶらで大自然を満喫できる——

その触れ込みは想像以上だったなと、賢人はただただ驚いた。

初日の夜は、豪勢なバーベキューが待っていた。

オーガニックの野菜と、地元で獲れた新鮮なシーフード。それを専任のシェフが、テントの前で順に焼いてくれるのだ。

「ようこそ、ゴールドコーストへ」

やってきたシェフは、片言ながら日本語で話しかけてくれた。

「素敵な滞在になりますように」

シェフは炭をセットして、火をおこす。オレンジ色の光がじんわり広がる。

食事の準備をしてくれているあいだ、賢人たちは昼に訪れたワイナリーで買った地元のワインを開栓した。珍しい、赤のスパークリングワインだった。

「乾杯」

口当たりがよく、つい飲み過ぎてしまいそうな逸品だ。コンロからは、シーフードがジュウジュウ焼ける音が聞こえてくる。

「ケントさん、カナさん、どうぞ召し上がれ」

シェフはテーブルに皿を並べた。ほくほくと白い蒸気をあげるエビ、カキ、カニを前にして、二人はどんどん口の中に放りこむ。

「うまーいっ！」

「ケントさん、カナさん、白ワインはどうですか？ ゴールドコーストのワイナリーのものです」

「お願いします！」

シェフが、なみなみとグラスにワインをついでくれる。辛めの味で、シーフードとの相性も抜群だった。

お腹が満たされたころ、シェフが何かを運んできた。銀色の蓋を取ると、小ぶりのケーキが載っていた。

「ハッピーウェディング！」

「ちょっと、至れり尽くせり過ぎですよぉ……」

賢人の言葉に、シェフも加奈も同時に笑う。

「いやあ、もう最高だよ……加奈、ほんとありがとう」

「どういたしまして」

シェフが片づけをして去っていくと、あとは森に囲まれた二人だけの空間になる。ワインを加奈とちびちびやりながら、星空を見上げて幸福感に包まれる――。

賢人が「あれ？」と思ったのは、翌日の夜のことだった。

夕食の時間になるとスタッフの人がまた違う食材を持ってきて、バーベキューの下準備をしてくれた。けれど、前日のシェフはやって来ず、二人だけが残された。

「あの人、今日は来てくれないのかな？」

加奈は答える。

「みたいだね。じゃ、今日は賢人に料理してもらおっかなっ」

「オッケー」

学生時代の自炊で、少しは料理の心得がある。グランピングの手配も加奈がしてくれたことだし、ちょっとは良いところを見せないと。

「うん、おいしー」

満足そうな加奈を見て、賢人の心も満たされた。

が、三日目の夜。賢人の疑問はさらに深まることになった。

この日はツチボタルツアーに行く前に、早めの食事を済ませることになっていた。けれど、肝心の料理の食材が届いていないのだった。

「賢人、フロントに行ってもらってきてよ」

加奈に言われ、首を傾げながらも賢人は食材をもらいに行った。

四日目に至っては、朝の時点でスタッフの人から、今夜の食材は自分たちで買ってきてくれと言われてしまった。

そうなると、さすがに賢人は、ちょっと待てよと思った。グランピングって、ぜんぶ用意してくれるグラマラスなキャンピングだと加奈は言ってなかったっけ？　これって、グラマラスなのか……？

堪(たま)らず加奈に尋ねてみた。

「ねぇ、食材って、向こうで用意してくれるものなんじゃないんだっけ……？」

するとと加奈は「あ、気がついた？」といたずらっぽく笑いはじめた。

事情を知っているらしい加奈に賢人は聞く。

「どういうこと？　何か知ってるなら教えてよ」

「じつは賢人には黙ってたことがあって……」

加奈はつづける。

「帰国したら新婚生活がはじまるじゃない？　だから、快適な生活を維持するのが、いかに大変かってことを身をもって体験しておいてほしかったの。で、予約のときに普通のグランピングとは違う特別プランを選んでおいて」

「特別プラン？」

加奈はバッグの中から予約表を取りだした。そこには英語が書かれてある。

「なんて書いてるの？」

「えっとね……この特別プランは、グランピングから毎日少しずつ快適さを削っていくものです。夫を教育したい新婚さんなどにオススメです」

「ええっ？」

混乱する賢人に向かって、加奈はにっこり微笑(ほほえ)んだ。

「ちなみに明日からは、部屋の掃除が来ないようになってるから。頼りにしてるからね、賢人っ」

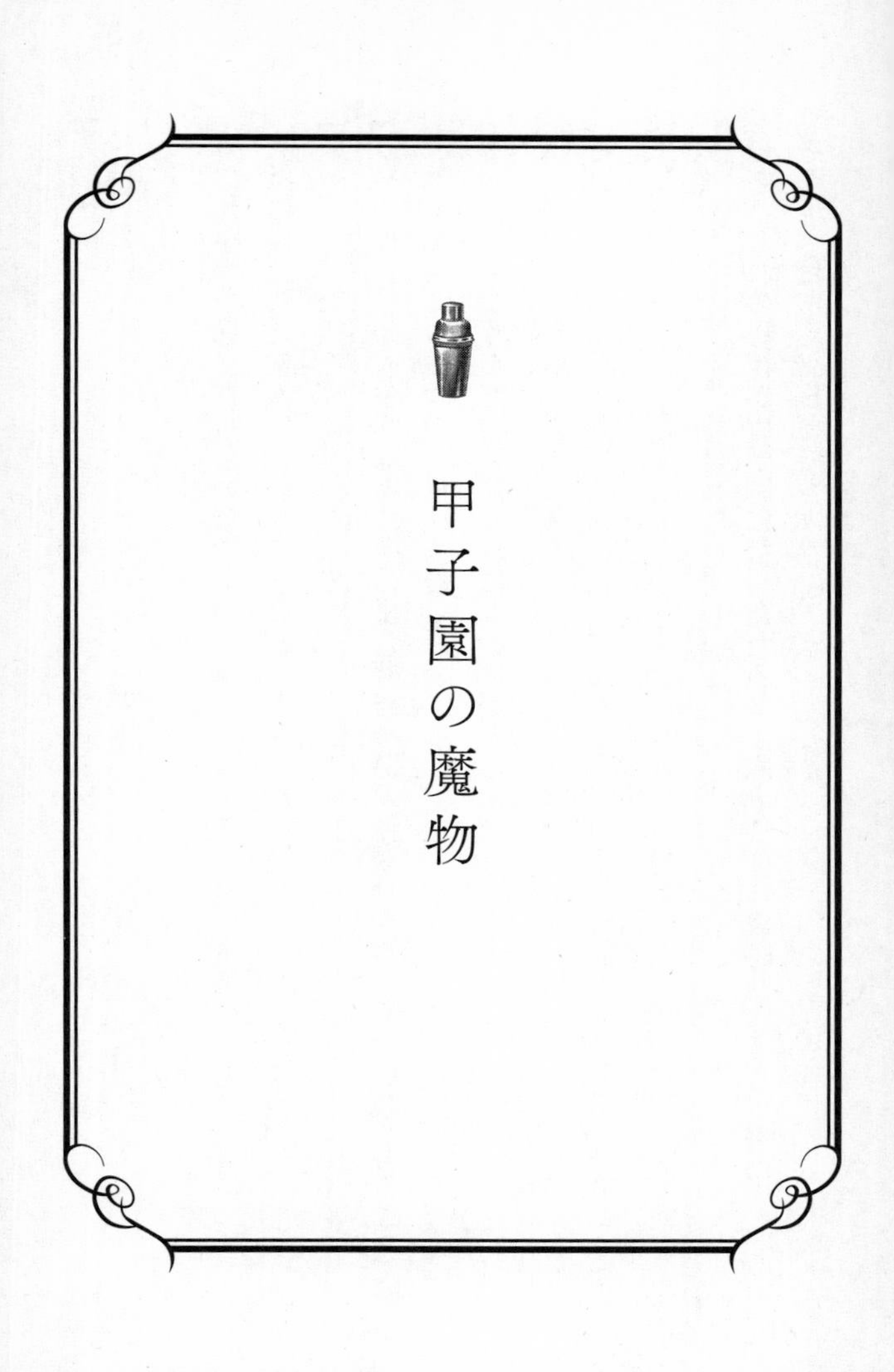

甲子園の魔物

「外に仕事場を構えたらしいじゃないか。いいよなあ、金に余裕のあるやつは」

久々に再会した友人に言われて、おれは大きく首を振った。

「いやいや、全然そうじゃなくって」

「ウソつけよ。印税生活なんて夢のまた夢だなあ。作家はうらやましい限りだよ」

ボヤく友人に向かって、おれは強く否定する。

「だから、ちがうんだって。これにはわけがあるんだよ」

「なんだよ、自慢話は勘弁だぞ」

「それが、じつはいま大変な目に遭っててね……。仕事場の話も、それと関係してることで」

「大変な目？」

「ほら、おれの母校が甲子園に行っただろ？　六十年前に優勝したとき以来に」

「そうか、おまえ、E高だっけ」

「そう、仕事場のことは、あの歴史的快挙と関連してることなんだ」

「甲子園と仕事場が……？」

おれは頷き、ことの顚末を語りはじめた。


甲子園出場が決まったときのことは、よく覚えてる。

いくら文武両道をかかげる学校だと言ってもだ。甲子園となると次元のちがう話だから、にわかには信じられないニュースだった。まさに、良い意味で激震が走ったというところかな。

興奮の波は、ＯＢたちのあいだにあっと言う間に広がった。すぐさま同窓会が立ちあがって、大応援団が結成された。尋常じゃない騒ぎのなかで、おれたちは試合の日をお祭り気分で待ち望んだ。

試合当日の朝。おれは同窓会の組んでくれたツアーに申しこんで、みんなと一緒にマイクロバスで出発した。

車内は異様な熱気に包まれていた。母校が甲子園に出場する。言葉にすればたったそれだけのことが、こんなにもみんなを結束させて、熱くさせてくれるのだと考えると、なんだか神秘的な気持ちにさえなった。朝早いにもかかわらず、バスの中には眠っている人は一人もいない。それぞれが近くの人と試合展開を予想しあって、ああでもない、こうでもない、と議論の限りを尽くしている。おれもそれに加わって、すっかり舞いあがってしまっていた。

と、話が途切れたところで、誰かがこんなことを言いだした。

「じつは、うちのじいちゃんが前に優勝したときのメンバーなんだけど……」

おぉぉ、と、声があがった。それは縁起がいいなぁと、周りのみんなが盛りあがる。

でも、と、そいつはつづけて口を開いた。

「そのじいちゃんから妙なことを言われたんだ……甲子園の魔物には、くれぐれも気をつけろって」

おれはすぐさま応じて言った。

「甲子園の魔物かぁ。勝ちを目前にして大逆転されたりする、よく聞くあれのことだよな。甲子園じゃあ、最後の最後まで何が起こるか分からないっていう」

だけどそいつは、柔らかくそれを否定した。

「いや、それが、たとえ話なんかじゃないらしいんだ」

「たとえじゃない……？」

「うちのじいちゃんは、その甲子園の魔物というのが実在するって言って譲らないんだよ」

「……その話なら、おれも聞いたことがある」

前の席のやつが身を乗りだして、会話のなかに加わった。

「近所のじいさんが言ってたよ。その人は当時、応援団に所属してたみたいなんだけど、魔物が魔物がって言い張るんだ。記憶がおぼろげになってるのかなって思ってたけど、まったく同じことを言ってたな」

興奮気味にそいつは言う。

「そのじいさんは、こう言ってた。勝負の根本を左右するのが地力の差なのは、間違いない。だけど甲子園には時に魔物が現れて、気まぐれに運命を変えてしまうことがあるんだって。六十年前に優勝した背景には、どうやらその魔物の力を押さえつけてたことも関係してるらしくって。自分が魔物を捕まえて、力を押さえこんだって誇らしげに語ってたよ」

「もしかして、その人かな……うちのじいちゃんが言ってたんだ。魔物は高校生の姿になって応援団に加わっていることがある。その魔物を発見して、あのとき捕まえてくれた人がいたんだって」

賑（にぎ）やかなバスのなかで、自分の周りだけが一瞬シンと静まりかえった。

ようやっと、なんとかおれが口を開いた。

「……おいおい、これは大ごとだ。それが冗談だったらいいけどさ、もしも本当だった場合にだぞ。その魔物とやらのせいで勝てる試合を落としたら、目も当てられないじゃないか……」

急に不安が襲ってきて、打って変わって試合前から負けたような気分になってきた。

不意に一人が、ぽつりと言った。

「……なあ、おれたちで、その魔物が出てこないように見張っておいたらいいんじゃないか？」

視線が集まり、そいつは言う。

「そもそもだ。おれたちは何をしに行くんだよ。ただ観戦しに行って、ぼんやり席に座ってるのか？　これは、おれたちに課された使命だよ。勝利の邪魔をするやつは、何であろうと、おれたちの力で押さえつけてやるのが役目じゃないか？」

おお、と、目の覚める思いがした。瞬間的に、熱い思いが湧き起こる。

周囲でも、賛辞の声が叫ばれた。

「よく言った！」

「大賛成だ！」

「球児の努力に水を差すやつがいるのなら、おれたちの手で葬ってやるべきだ！」

おのおのが叫びながら、目をギラギラさせていた。

「……じゃあ、そういうことで決まりでいいな？」

おれが切りだし、周りの意思を確認する。深い頷きが返ってくる。

「よし、そうと決まれば同窓会本部に連絡だ。みんなに呼びかけて、協力を仰ぐんだ！」

おれはすぐさま、別のバスに乗っている同窓会長に電話をかけた。

最初は戸惑ったような声が返ってきたけど、電話の向こうでざわざわと相談がはじまった。しばらくすると、賛同の意を伝える言葉が戻ってきた。どうやら本部の中にも魔物の話を知る人物がいたようで、ＯＢ総出で動くことが満場一致で決められた。

ただし、プレーに集中してもらうため、選手たちには魔物のことは伝えない。そして応援に集中してもらうため、現役E高生たちにも気づかれないよう動くこと。それが条件としてOBたちに指令がくだった。今こそE高の力が試されている。OBたちの意気ごみは凄まじく、バスの中はよりいっそうの盛りあがりを見せていた。

現地につくと双眼鏡とトランシーバーが調達されて、応援席の巡回準備が整えられる。普通の応援団とは少し違った心持ちで試合開始の合図を待った。

サイレンが鳴り響き、球児たちが駆けていく。

緊張感に包まれながら、E高初戦が幕を開けた。

OBたちは自分の持ち場に目を光らせながらも、手に汗握って応援した。金属音がカーンと響いて、白球が飛んでいったり転がったり。一球ごとに一喜一憂を繰り返す。猛暑のなかで、時間はじりじり流れていく。

4回表にE高四番のツーランが飛びだすと、応援団は一気に押せ押せムードに突入した。

二点リードのまま、あっという間に試合は進み、七回、八回と無失点。

残すは九回だけとなる。

「魔物とやらも、この試合には出なかったな」

おれは巡回メンバーとすれちがいざまに言いあった。

「まあ、おれたちの熱に押されて出てこられなかったってところじゃないかな」

「はは、そうかもな」

九回裏。相手の最後の攻撃がはじまった。

ショートゴロでワンアウト。

ライトフライでツーアウト。

瞬時のうちに、ラストバッターが打席に立った。

さあ、いよいよ甲子園での勝利のときだ。そう思って拳を握った、そのときだった。

「あっ！」

緊張でピッチャーのコントロールが狂ったか、相手バッターにボールが当たってデッドボールとなってしまった。最後の最後で、ツーアウト一塁の場面となる。

──ドンマイ、ドンマイ、もうあとひとりだ──

心の中で祈るように呟いた。

けれど、デッドボールで動揺したのか、つづくバッターにはフォアボールを与えてしまった。ツーアウト、ランナー一、二塁……。

　そのとき突然、トランシーバーからおれの名前が響いてきた。

「おい！　おまえのいる真横の列、座席数より人がひとり多くないか⁉」

　遠くを巡回していた友人からの声だった。

「魔物だ！　甲子園の魔物が出たぞ！」

　叫ぶ友人に、おれは慌てて列を見た。

「急げ！　そいつを見つけて捕まえるんだ！」

「いま探してる！　どいつが魔物か、そこから分かるか⁉」

「分からない！　なんとか探しだしてくれ！」

　次の瞬間、わあっと大きな悲鳴があがった。相手バッターがヒットでつなげ、ツーアウト満塁となっていた。一打同点、長打が出れば逆転サヨナラの大ピンチ。

　――甲子園の魔物――

　おれの中で嫌な言葉がこだまする。

「E高のみなさん！　隣に知らない人がいたら、手をあげてください！」

　おれはなりふり構わず叫んでいた。

「誰か！　知らない人はいませんか!!」

魔物の出現を知ったOBたちは、タイムをとるよう応援席からベンチに必死で訴えた。が、その声は大歓声にかき消されてしまって届かない。

バットを短く持つバッターに、ピッチャーが汗をぬぐって振りかぶる。テンポよく、三球つづけて投げられる。

ツーボール、ワンストライク。

「誰か、隣に知らない人はいませんか!?」

甘い球を打ち損じてくれて、ファールになる。

ツーボール、ツーストライク。

「誰か!!」

おれの必死の形相に、E高生たちもざわつきはじめた。

そして、スリーボール、ツーストライクと、フルカウントになったとき——。

「あの！　この人、知りません!!」

列の真ん中から声があがり、急いでそっちを振り向いた。男子生徒が腕をつかまれ、逃げだそうと抵抗していた。

「そいつだ！　頼む！　そいつを捕まえてくれ!!」

すぐさま駆け寄り、おれは身体を取りおさえる。激しくもがくそいつを引きずり、急いで通路へ連れていく。

その刹那。

場内が大声で満たされて、仰々しいサイレンが鳴り響いた。

おれはとっさにトランシーバーに叫んでいた。

「どっちになった!?」

しばらく無言がつづいたあとで、友人の声が返ってきた。

「……勝った！　勝ったぞ！」

友人は興奮の絶頂だった。

「勝ったんだよ！　E高が!!」

頭の中が真っ白になって、おれはその場に立ち尽くす。

「おい！　聞こえてるか!?　一回戦突破だぞ!!」

友人は、おれの名前を連呼する。

E高が勝った……。

おれは思考停止に陥った。一気に力が抜けて、へなへなと通路に座りこむ。しばらく経って、そういえば、と、ぐるりと周囲を見渡した。どこに消えたか、さっきまで押さえていたはずの魔物の姿はどこにもなかった。

生ぬるい風が吹き抜けて、頭の中はぐらぐら沸騰しつづける――。

「……ってことがあってね。それから先の試合の結果は、おまえも知っての通りだよ」

おれは当時の余韻に浸りながら言葉を継いだ。

「残念ながら優勝には手が届かなかったけど、おれはよくやってくれたと思ってる。野球部の彼らにも、悔いは残ってないんじゃないかな。なにしろ彼らは、自分たちの実力をすべて出し切って終われたんだ。甲子園の魔物に惑わされることなくね。だからおれたち応援団も、むしろ、すがすがしい気分だな」

「甲子園の魔物ねぇ……」

友人は、夢を見ているような目でつぶやいた。

「不思議なことがあるもんだなぁ……」

どうやら彼は、おれの話を信じてくれたようだった。

「ほんと、不思議な体験をさせてもらったと思うよ。それも含めて、野球部には感謝だな」

と、友人は首を傾げながら言った。

「……甲子園の話は、まあ、分かったよ。でも、さっきの話に戻るとだ。それと仕事場の話とは、どうつながってるっていうんだよ」

「それが、問題なのは甲子園自体の話じゃなくて、魔物の話のほうなんだ」

「魔物のほう？」

「甲子園から帰ってきて、残暑に浸ってぼんやり試合を回想してたときだった。気がつくと、リビングに知らない青年が座りこんでいたんだよ。そいつは甲子園で捕まえた、あの魔物だったんだ」

「なんだって⁉」

「おれも最初は目を疑った。でも、紛う方なきヤツだった。魔物はどうやらおれになついて、応援団のバスにまぎれてついてきたらしいと悟ったときには、すべては手遅れ。甲子捕まえて、むりやり外に追いだそうとも、いつの間にかリビングに戻ってきてる。甲子園の魔物は引っ越して、我が家の魔物になったんだ」

おれは深い溜息をつく。

「まあ、居候が住みついたくらいなら、まだよかった。もっと問題だったのが、おれの周囲で不運なことがつづけざまに起こったことだ」

「いったい何が……」

「執筆の仕事で予期せぬことがつづくようになったんだ。本の刊行間近にトラブルが発生して、発売が保留になっただろ。締切直前にパソコンが故障して、編集者から怒りの電話が殺到した。それから、書き終わった原稿データが壊れてしまって開けなくなった。おれは次第に理解した。すべては家に居ついたヤツのせい――予期せぬことを引き起こす、魔物のせいなんだということを。

だからおれは、仕事場を外に構えるしかなかったんだ。魔物の力から、なんとか逃れるために」

友人は唸りながら口を開いた。

「……で、なんとか不運はおさまったのか？」

「ウソのように仕事のトラブルはなくなったよ。だけど、魔物は我が家にいるわけだから、家の中でのトラブルはつづいてね。こればっかりはどうにも対処のしようがなくて、おれは泣き寝入り状態になったわけだ」

「それは運がなかったなぁ……」

友人は、同情するような口調でつづけた。

「良い解決策が思い浮かべばいいんだけど……」

「それが、じつはひとつだけ心当たりがあってねぇ」

おれの言葉に、友人は顔をあげる。

「……というと?」

「E高野球部に、とにかくがんばってもらうこと。そしておれは、それを全力で応援すること。これに尽きると思っていて」

なぜならば、とおれはつづける。

「魔物を追いだすためにはだ。ヤツをうちより居心地のいい場所に、むりやり連れていくしかないんじゃないかと考えたんだ。それじゃあ、どこに連れていくか。その場所は、ひとつだけしかないだろう?」

「なるほどね」

ニヤリとする友人に、おれは言う。

「そう、だから野球部のみんなにはがんばって、あの場所に何としてでも再び行ってもらわなくちゃいけないいんだよ。魔物の元々居たところ——灼熱のざわめきに満ち満ちた、甲子園という、あの魔窟にね」

オーラの写真

海岸沿いのホテルから車で小一時間ほど走るだけで、豊かな森が現れる。

海と山を併せ持つこのゴールドコーストという場所の懐の深さに改めて驚きつつ、中野涼はパートナーの洋介と一緒にクリスタルキャッスルを訪れた。

パンフレットによると、クリスタルキャッスルはパワースポットとして有名で、オーナーが世界各国からパワーストーンを集めてつくった施設らしい。

「えっ、これ、本物なの……?」

入口までやってくると、涼は思わず呟いた。隣を見ると洋介も同じ気持ちのようで、二人は顔を見合わせ目をパチクリさせた。

涼たちを出迎えてくれたのは、背丈よりも高い二つの紫水晶――アメジストだった。左右それぞれに据えられているそれは、まるで地面からにょきっと生えているかのように伸びている。石柱の内側が空洞になっていて、紫色のアメジストがぎっしり詰まっているのだった。

「ちょっと、想像を絶するよね……」

「ね……でも、なんだか妙に惹かれるね」

「えっ、洋介も？」

涼はなんだか嬉しくなる。

「ってことは、涼も？」

涼は頷き、口を開く。

「なんていうか……うーん、なんていうんだろう。紫が気になるのかなぁ、まるで自分たちを見てるみたいっていうか……」

「うそ！　それ、同じこと思ってた」

「ほんと？　なんでかなぁ……」

「ね」

涼たちは首を傾げながらも、アメジストを後にして園内へと入って行った。

そこにはまさしく、パワースポットと呼ぶにふさわしい空間が広がっていた。

両手で抱えきれないほど大きなピンクの球体が、水の力でくるくると回転している場所があった。ハートの形をした巨大な天然石が置かれてあったり、インドの神様、ガネーシャの像が置かれてあったり。広場に据えられている大きなクリスタルは、背景の熱帯雨林と絶妙にマッチしていた。

淡いピンクのローズクォーツが、同心円状に置かれているところもあった。その先にあるのは、ブッダの像。描かれてある蓮花の模様も、全部クリスタルでつくられているらしかった。

涼はビシビシとパワーを感じて、厳かな気持ちに包まれた。これだけたくさんのものが混在しているにもかかわらず、不思議とちぐはぐな感じは抱かない。

しっかりパワーを受け取ってから、二人は園内にある施設に足を運んだ。

「ケント」

そう呼ぶ声が聞こえてきて視線を向けると、若い日本人らしきカップルがカフェに入っていくところだった。日本人って、なんでこんなにパワースポットが好きなんだろう。涼はそんなことを思いながら、まあ自分もそうだけど、と、ひとりで笑った。

「なに、急に笑ったりして」

「ううん、なんでもない」

土産物屋でお揃いのブレスレットを買ったあと、洋介が言った。

「ねぇ、あれ、何なんだろう」

そちらに近づいていき、洋介は涼を呼び寄せた。

「見て見て、オーラの写真撮影だって」

「オーラ？」

「わたし、テレビで見たことある。ちょっとやってみようよ」

洋介がフォトグラファーに話しかけると、笑顔で招き入れてくれた。そこには雰囲気たっぷりのスピリチュアルなソファーが置かれてあって、洋介が腰掛けると、手を左右の台座に置くようにとフォトグラファーが口にした。

「オーラを総合的に写すためよ。さあ、撮るわよ」

パシャッとシャッターが切られると、今度は涼がソファーに座った。

「はい、オーケー」

撮影が終わると、涼たちはできあがった写真に目を落とした。そこには顔の部分がうっすら影みたいになった自分と、その顔の周りから溢（あふ）れるように、もやもやと何かが放たれている様子が写っていた。

涼の写真は青系統の色が広がっていて、洋介のほうは赤系統のモヤがかかっている。

フォトグラファーが言った。

「写真の左のほうの色が未来のあなたを表していて、真ん中あたりの色が示してるのは、これまで積み重ねてきたあなた。右側の色が表してるのは、あなたが周囲に与えてる印象ね」

手渡された日本語の説明文には、こんなことが書かれてあった。

ブルー：コミュニケーション、統一感、平和……
レッド：生命エネルギー、積極的、情熱的……

「たしかに当たってるかも。涼はまさしくブルーって感じだもん」

「洋介だって、レッドそのものだと思う」

「さすが、パワースポット！」

興奮気味にお礼を言うと、フォトグラファーも満足そうな顔をした。

と、そのとき、涼が何かに気づいたように小さく叫んだ。

「ねぇ、洋介、なんでぼくたちが入口のアメジストに惹かれたのか、分かったかも」

「なになに、急に」

「ほら」

涼は二人のオーラの写真を横に並べた。

「二つを混ぜると、どうなるか」

「なるほどね！」

洋介はパンと両手を合わせる。

「こうするわけね」

洋介は涼に近づいて、写真を見ながら腰のあたりに手を回す。ぴたりと寄り添う二人の姿は、まるで石柱のようにも見える。

「わたしたちが、あのストーンに強く魅了されたのは……」

洋介の言葉を、涼が引き取る。

「うん、きっとぼくの青と洋介の赤を混ぜ合わせると、アメジストの紫色になるからだ」

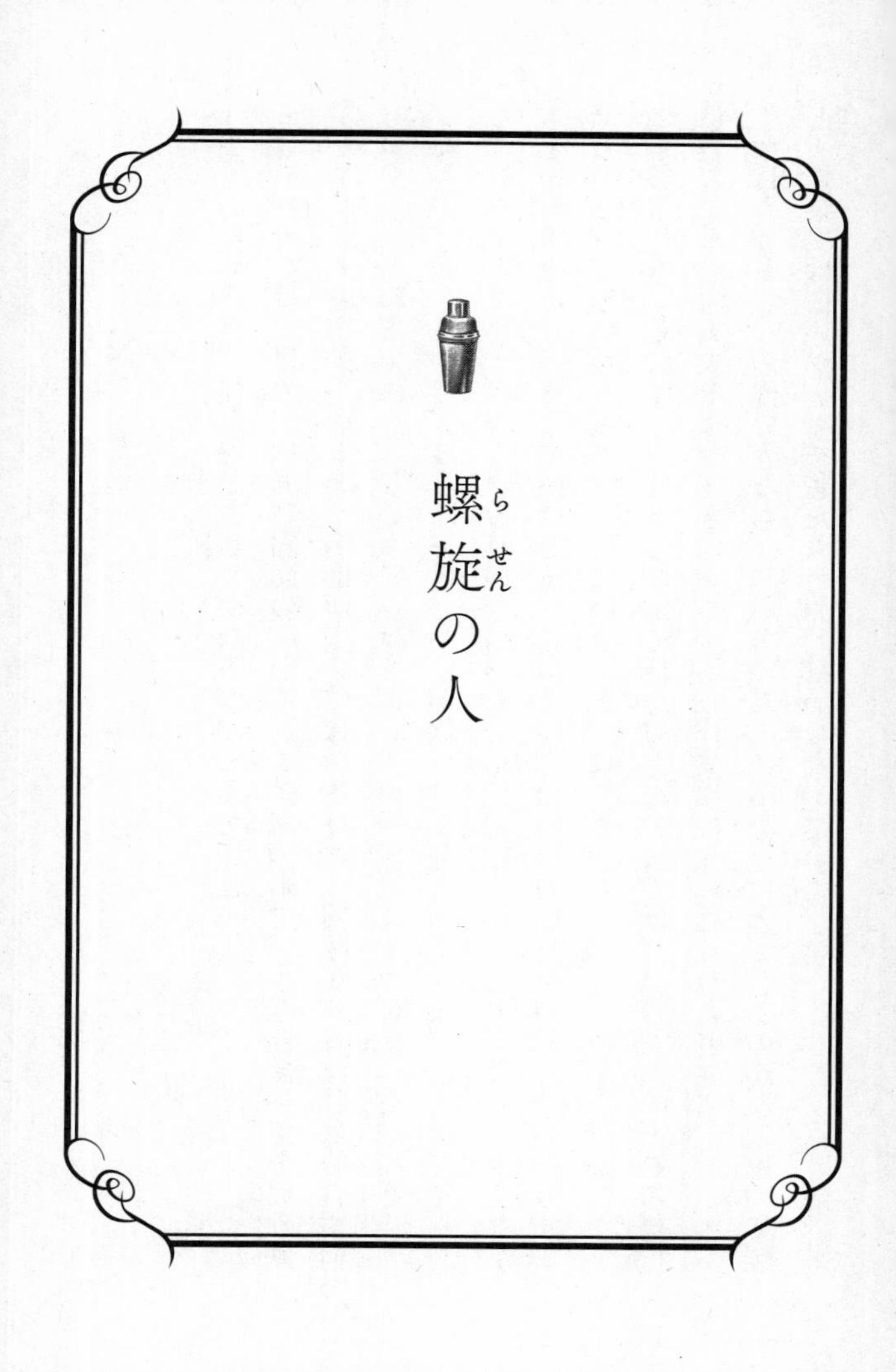

螺旋(らせん)の人

学校から帰ると、作業場から賑やかな声が聞こえてきた。

じいちゃんは、目の前に瀬戸内海の広がるここ三津の町で、小池機械鉄工という鉄工所をやっている。鉄工所という名前がついてはいるけど、興味があれば鉄に限らず何でもつくる。これまでにも、じいちゃんはすばらしい発明品を次々に生みだしてきた。

両親が共働きだから、ぼくは毎日、学校が終わると迎えがくるまで鉄工所で遊んでいる。ロウセキというチョークみたいな白い石で地面に絵を描いたり、強力な磁石で鉄クズを集めてみたり。それに飽きると、じいちゃんの仕事の様子を覗きにいったりする。

もっとも、じいちゃんの作業場に近づくと、ばあちゃんに、危ないから近づくなといつも怒られる。それでも、ばあちゃんの目を盗んで、ぼくはじいちゃんのところに行く。じいちゃんも大丈夫そうなときは、こっそり作業場に入れてくれたりする。

今日も、どこかの偉い人たちがじいちゃんの仕事を見にきているのかなと思って覗くと、作業場は白いツナギを着た人でいっぱいになっていた。

アルバイトの人でも雇ったのかな。そう考えながら作業場に足を踏み入れた瞬間、ぼくは横から出てきた人と、危うくぶつかりそうになった。

「ごめんなさい」

とっさに謝りながら目をやって、ぼくは思わず驚いた。

いつの間に設置したのか、作業場の中には十メートルくらいの螺旋階段がそびえ立っていたのだ。そしてそこから次々と、たくましい身体つきをした男の人たちが降りてきていたのだった。

彼らは螺旋階段から降りてくると順に並んで、作業台に置かれた何かの部品を流れ作業で組み立てていた。ただ、流れ作業といっても、不思議なことに流れているのは部品のほうじゃなくて人のほうだった。

ぼくがぶつかりそうになった男の人も、ごめんよと言いながら前の人につづいて列に並ぶと作業に取りかかりはじめた。

「じいちゃん！」

ぼくは、作業場の隅っこで何かの装置をいじっているじいちゃんを見つけると声をかけた。

「おぉ、マサ、来たんか」

じいちゃんは手を止めて立ちあがり、油まみれのタオルで汗を拭った。顔に油が黒くつく。

「なんでこんなに人がいるの？」

するとじいちゃんは、すぐに聞き返してきた。

「どうしてじゃと思う？」

ぼくは、悩みながら口にした。

「……アルバイトの人でも雇ったの？　それにしちゃあ、急にたくさん雇ったんだねぇ」

「……」

「こいつらはな、雇ったわけではないんじゃよ。顔をよく見比べてみぃ」

顔に何か書いてあるとでもいうのだろうか。疑問に思いながら言葉に従ったぼくは、次の瞬間、大きな声をあげてしまった。

「えっ⁉」

途端に恐ろしさがこみあげてきて、じいちゃんに身体を寄せてツナギをぎゅっと握りしめた。その男の人たちは、どういうわけか全員がまったく同じ顔をしていたのだった。

「大変だ！　みんな同じ顔だよ!?」

けれど、じいちゃんは笑い声をあげた。

「ははは、そう、みんな同じじゃ」

その反応に、ぼくは何となくピンとくるものがあった。

「もしかして、この人たちはじいちゃんの発明と関係があるの……？」

「ほぉよ」

じいちゃんは得意そうに頷いた。

でも、じいちゃんはこの人たちのいったい何を発明したのだろう。まさか、人造人間を作ってしまったとでもいうんだろうか……。

「いやいや、さすがにわしでも、それは無理じゃよ」

じいちゃんはつづける。

「だが、それに近いといえば、近い」

「もったいぶってないで、教えてよ」

「ちょっと難しい話になるが、それでも構わんのなら教えてやろう」

頷くと、じいちゃんは言った。

「この現象を理解するにはな、電磁気学の知識が必要になる」

「デンジキガク？」

「電気と磁気の学問のことじゃ。磁気というのは磁石のことだと思えばいい。マサもいつか理科の授業で習うことになるじゃろう」

「ふぅん」

「その電磁気学のなかに出てくる現象のひとつに、電磁誘導というものがあってのぉ。それが分かれば、いま起こっておることも理解できるようになる」

難しい言葉の連続に、ぼくは早くも音をあげそうになっていた。

「なんだかよく分かんないよ……」

「それじゃあ仕方がないのぉ。いつか理解できるようになったら、また話してやるとするかな」

ニヤニヤしているじいちゃんを見て、ぼくはなんだか悔しくなった。

「説明が下手くそなんだよ」

「まあ、そういうことにしといてやろう」

ぼくはじいちゃんから目をそらして、ぼそっと呟いた。

「……それで、デンジなんとかっていうのは何なのさ」

聞く気になったか、と、じいちゃんは笑う。

「なるべく分かりやすく説明してやるから、がんばって聞くことじゃ。そうじゃの、まずはこの話からかな。そのへんにも転がっておるが、細い金属を渦巻状にびっしり巻いたようなものを、マサも見たことがあるじゃろ」

「コイルのこと？」

「そうだ、そのコイルじゃ。コイルに電気を流すと、おもしろい現象が起こるんじゃよ。ちょっと想像しにくいかもしれんがな、コイルに電気を流してやると、コイルの中に目には見えない磁場というものが発生するんじゃ」

「ジバ？」

「ほら、棒磁石の周りに砂鉄をまくと、何にもないのに模様が現れるじゃろ？　大雑把に言うと、あれのことじゃよ」

「じゃあ、電気で磁石ができちゃうってこと？」

「さすがはわしの孫、呑みこみが早い。そういうことじゃ。おもしろいだろう？

だがな、もっとおもしろいのはここからじゃ。

電気で磁石ができてしまうと言うたがな、その逆も成立するのが電磁気学のおもしろいところなんじゃよ。つまりはだ。今度はコイルに磁石を近づけてやる。すると、逆にコイルに電気が流れはじめるんじゃ。磁石をつかって電気がつくれてしまうというわけじゃな」

「電気で磁石ができて、磁石で電気ができる……」

「それが電磁誘導と呼ばれる現象じゃ。発電機というのは、この原理でできておってな。わしらが使っておる電気は、大きなコイルと大きな磁石をつかって生みだされているんじゃよ」

ぼくは頭を整理するので精一杯だった。磁石で遊ぶことはよくあるけれど、まさか磁石で電気ができてしまうなんて、ちっとも知らなかった。

「ははは、そりゃ知らなくて当然じゃよ。いまのは簡単に言っただけで、本当はもっと難しいんじゃから。まあ、そっちのほうは、いずれゆっくり学べばええ。ともかくだ、この電磁誘導という現象。わしはこれに目をつけたというわけじゃ。

どういうことかと言うとだな。ある日、螺旋階段を目にしたときに、ひらめいたんじゃ。螺旋階段で、コイルと同じようなことができやせんかとな」

「同じような？　たしかに形は似てるけど……」

ぼくはじいちゃんの言いたいことが分からずに、もやもやした気分になった。

「その似ておるなと思う感覚こそが、物事を考える上ではとっても大切なことなんじゃ。わしはな、コイルで電磁誘導が起こるように、螺旋階段でも似たような現象が起こっているんじゃないかと考えた。要するに、人間が螺旋階段を昇り降りするときに、磁場のようなものが発生しておるんじゃなかろうかと思ったわけじゃ。人の身体には微弱な電気が流れておる。それが、特殊な磁場を生んでいるんじゃないかと想像力を広げたんじゃよ」

じいちゃんの想像力には、とてもじゃないけどついていけないと、ぼくは思う。

「直感だけを頼りに、わしはいろんな測定機器を使って入念に螺旋階段を調査してみることにした。すると思った通り、人が螺旋階段を昇り降りするときには微弱ながらも特殊な磁場が発生しておることが分かったんじゃ。まるで電気がコイルを流れて、磁場を生みだすようにな。自分の直感の正しさが証明されたときは、叫びたいほど興奮したわい。

それ以降、わしはいろんな螺旋階段をサンプリングしてデータを集めていった。人が通るときにできる磁場を丹念に記録していって、磁場の特性を見極めた。そのデータをもとに作った装置が、ここにある螺旋階段というわけじゃ」

ぼくは分かったような分からないような気持ちで、その巨大な階段を改めて見上げた。その間にも、同じ顔をした男の人がどんどん階段から出てきている。

「さて、大事なのはここからだ」

じいちゃんは言う。

「さっき言うたことを覚えておるかの？　コイルの場合、電気を流せば磁場ができて、磁場をつくれば電気が流れる。そう言うたな。それならじゃ。螺旋階段に人が通ると磁場ができる。ならば逆に、磁場をつくれば螺旋階段に何が現れるかということじゃ」

「あっ！」

ぼくは頭に浮かんだ考えが自分でも信じられず、そう叫んでからは何も言うことができなかった。

「察したようじゃな。そう、螺旋階段に磁場をつくってやることで、その磁場にふさわしい人間が出現するんじゃよ。証拠はこの光景で十分じゃろ」

じいちゃんは楽しそうにつづける。

「理論を導きだすのはそう難しくはなかったが、実装が難しくてのぉ。螺旋階段を設置して、特殊な磁場を生みだす装置をつけたはいいが、ムラなく安定的にヒトを生みだすのが困難を極めた。わしは試行錯誤の末に、整流器やコンデンサという装置を応用したものを組み合わせて、なんとか安定化に成功したんじゃ」

装置の名前はぜんぜん頭に入ってこなかったけど、ぼくはじいちゃんのすごさに圧倒されていた。

「それからな、ただ螺旋階段を用意しただけでは、まだこの装置は未完成なんじゃ。電気のことを想像してみれば分かるが、生みだした人間をさらに外へと取りだすためには、人が通れるように回路を設置してやる必要があった。このマットがそうじゃよ」

言われて見ると、床には螺旋階段の出口から継ぎ目なくマットが敷かれていて、鉄工所の中を道のように走っていた。それは途中から宙に持ちあげられていて、最終的に螺旋階段の入口へとつながっている。まさに自分の知っている電気の回路みたいだった。

「じゃあ、この人たちはこのマットの上しか歩けないってこと？」

「ほぉよ。そこから外れては行動できん。電気と一緒じゃな。そしてこいつらは、仕事をこなすと消えていく」

「ええっ！　消えちゃうの⁉」

「仕事をせずに、ただ回路を回っておるだけなら消えはせんが、仕事をすればその分のエネルギーがなくなっていってしまうからのぉ。ほれ、ここにおるこやつらも、作業台の向こうのほうでは姿が薄くなっておるじゃろ。ああやって最後には消えてしまうというわけじゃ。

だが悲しむことはない。こやつら自体は生身の人間というわけじゃあないし、この装置さえあればいくらでも同じもんを生みだすことができるんだからな。もちろん装置を動かすためのエネルギーは必要だが、人件費よりもコストはずっと安いから、二十四時間、いつでも低コストで質のいい労働力を自由自在に確保することができるんじゃよ」

そのとき、あるものが目に留まって尋ねてみた。

「ねぇ、じいちゃん。このダイヤルは何のためのものなの？」

ぼくは、磁場を生みだす大元の装置に大きなダイヤルを見つけて言った。その目盛には、数字が細かく書かれてある。

「これはな、出てくる人間の種類を変えることができるダイヤルじゃよ」

「どういう意味？」

「人間はな、個体によってそれぞれ微妙にちがう固有の電流を体内に持っておってな。だから、同じように螺旋階段を通っても、人によってつくられる磁場の種類が違ってくるんじゃよ。つまりは磁場を調整してやることで、いろんな種類の人間を螺旋階段から生みだすことができるということじゃ。

この装置にはな、採取してきた様々な人間のデータが入っておる。たとえば鉄工所の仕事には力持ちのもんが打ってつけじゃろ？　だからダイヤルを合わせて、いまはそういうもんたちがここに生まれておるというわけじゃ」

「じゃあ、ぼくの友達なんかも生みだせるの……？」

「データさえあれば可能じゃよ」

涼しげに言うじいちゃんに、息を呑む。

と、ぼくはダイヤルを見て言った。

「ねぇ、この黄色いシールはなんの印？」

ダイヤルの目盛のひとつに、三角形にビックリマークの描かれたシールが貼ってあったのだった。

「いや、それは危険を表す印でな……」

「危険って？」

「いや、まあ、あれじゃな……危ないということじゃよ」

急に歯切れが悪くなったから、これは何かあるに違いないと、ぼくは悟った。すると途端に興味が出てきて、なんとか秘密をあばいてやろうと頭を使った。

ぼくは瞬時に作戦を思いつく。

事務所のほうに大げさに耳を傾けて、こう言ったのだ。

「あれ？　じいちゃん、ばあちゃんが呼んでるよ？」

もちろんそれは、じいちゃんを出し抜くためのウソだった。

「ほぉか？　聞こえんがの……」

じいちゃんは眉をひそめながらも耳に手を当てて確認した。

もうひと押しだと、ぼくは演技に熱を入れた。

「やっぱり呼んでるよ？　ほら、また聞こえた」

「ほぉかのぉ……」

「なんだか怒ってるみたいだよ？　早く行ったほうがいいよ！」

「そ、そりゃ大変じゃ！」

じいちゃんは慌てて事務所のほうに駆けて行った。

後ろ姿を見届けてから、しめしめと、ぼくはさっそくダイヤルに手をかける。そしてそれをゆっくり回すと、目の前で奇妙なことが起こりはじめた。階段から出てきていた男の人たちが、映像が切り替わるようにして次々と変化していったのだ。

装置はブゥンと音をあげ、螺旋階段から出てくる人は、自分と同じくらいの少年や、お腹（なか）のでっぷり出た男の人、すらりとしたきれいな女の人などに変わっていく。じいちゃんから聞いてはいたけど、自分の目でたしかめると、いっそう不思議な気持ちになる。こうなると、興味は増す一方だ。

黄色いシールの目盛では、いったいどんな人が出てくるんだろう……。

危険だという、じいちゃんの注意を思いだす。けれど、すでに心の中では好奇心が勝（まさ）っていた。ぼくはワクワクしながらダイヤルをひねった。

その瞬間だった。

ぼくは、あっと声をあげた。

「ばあちゃん!?」

突然たくさんのばあちゃんが、ぞろぞろと螺旋階段を降りてきたものだから肝をつぶした。

ばあちゃんたちは、呆然（ぼうぜん）と立ち尽くしているぼくを同時に見つけた。そして、すぐさま状況を理解したようで、声をそろえて言った。

「これ！　一人で機械を触っちゃダメだって、何回言ったら分かるんだい！」

ぼくはぞっとして、動けなくなってしまった。道理でじいちゃんが危険シールを貼っていたわけだと思ったけれど、もはや手遅れだった。

「さ、触ってないよ！」

どうにか、そう絞りだすので精一杯だった。

「ウソなのは分かってるよ！」

すぐにバレて、ばあちゃんたちはぼくをつかまえようと迫ってきた。

「ご、ご、ごめんなさいって！」

つかまったら終わりだと、慌てて逃げだす。

「待ちなさいっ！」

ばあちゃんたちは、どんどんこちらに近づいてくる。

絶体絶命の大ピンチだ！

そのときだった。じいちゃんの言葉を思いだし、素晴らしい案がひらめいた。

このばあちゃんたちは本物じゃなくて、装置で生まれたものじゃないか！　だったら、回路になっているマットから外には出てこられないはずだ！

ぼくは即座にマットの上から飛びのいて振り返った。

「へへ、ここまでは来られないでしょ？」

舌を出して、べろべろべーとからかった。

ばあちゃんたちは、予想通りマットのところで足止めされて悔しそうに睨んでいた。

これでもう、ぼくの勝ちだ。あとは頃合いを見て、うまくばあちゃんを消してしまおう。

そう思った矢先、想定外のことが起こって、ぼくは大慌てで走りだした。

なんと、どういうわけか地団太を踏んでいたばあちゃんの一人が、出られるはずのないマットから足を踏みだしたのだった。そして、そのばあちゃんはマットを出ても消えることなく、走って後を追って来た。

ぼくはパニックに陥った。

話が違うじゃないか！　なんで追って来られるんだよ！

迫りくるばあちゃんから必死で逃げながら、ぼくは大声で助けを求めた。

「じいちゃん大変だ！　ばあちゃんが漏電(ろうでん)してる！」

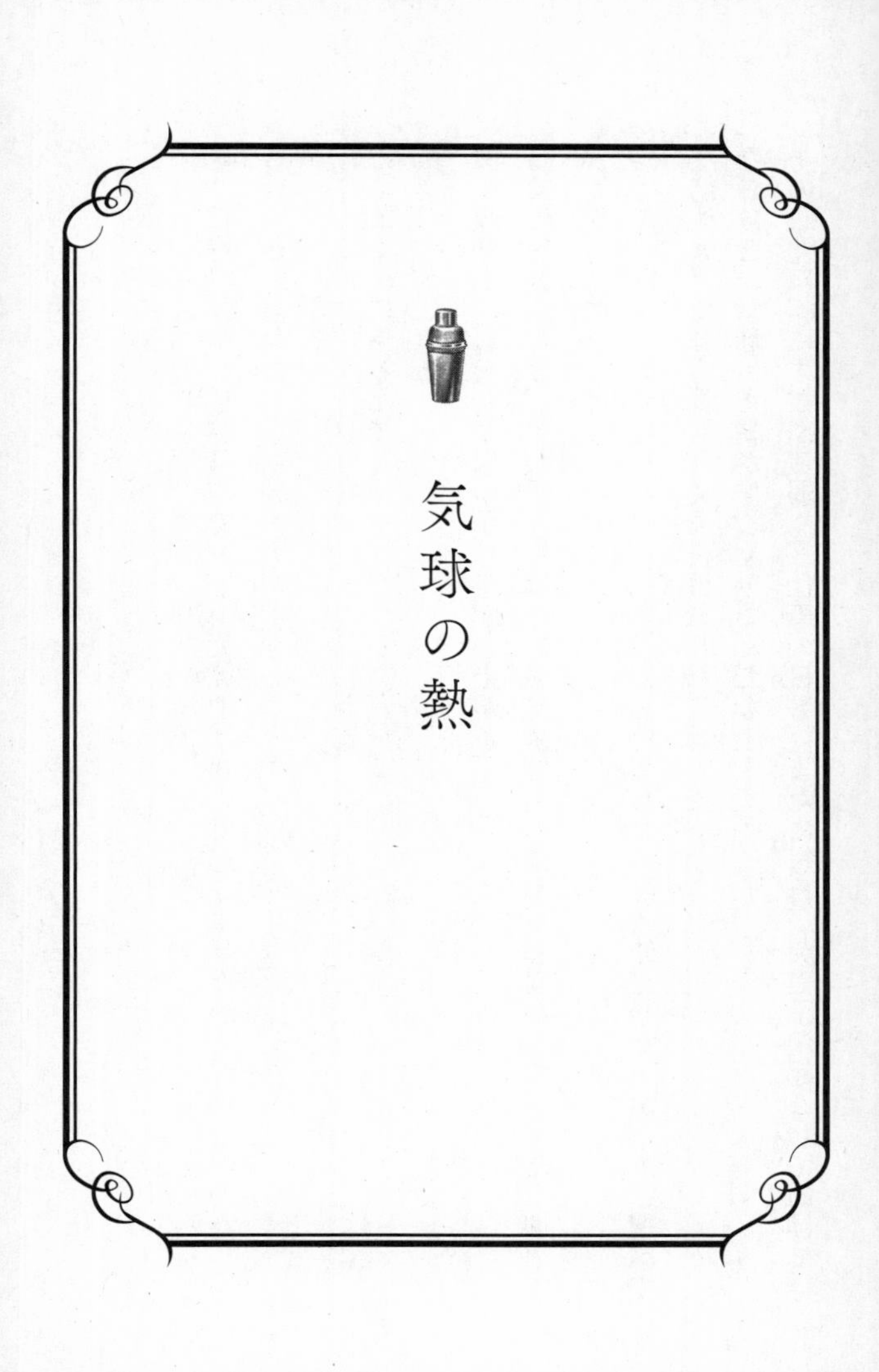

気球の熱

朝の三時に目覚ましが鳴って、平山芙美子（ひらやまふみこ）は眠い目をこすりながら起き上がった。

「ちょっと、あなた」

「うーん……」

「ほら、気球に乗るんでしょ」

「おっ、そうだった……」

夫の政伸（まさのぶ）も、目をしょぼつかせて起き上がる。

身支度を整えると、芙美子たちはツアーバスで山のほうへと向かっていった。初めての気球に乗るために――。

せっかくだから気球に乗ろう。そう最初に提案したのは政伸だった。が、少し調べているうちに、あまり気の乗らなそうな口調で言った。

「なるほど、気球って朝がすごく早いんだな……」

その政伸は朝にすこぶる弱く、仕事の日もいまだに毎日、芙美子が起こしてあげているほどだった。

「昼間とか夜の便はないの？」

「いや、なんでも気圧と風の関係で、朝にしか飛んでないらしくって」

「じゃあ、朝にするしかないじゃない」

「うん、まあ、そうなんだけど……」

煮え切らない夫をよそに、芙美子はさっさと予約をしてしまったのだった——。

集合場所に到着すると、大きなバスケットと、しぼんだ球皮（きゅうひ）が横たわっていた。

しばらくするとスタッフの人たちがその一式を立ちあがらせて、バーナーに着火した。

ボォッという音が重たく響き、鮮やかなオレンジ色が暗闇の中に浮かび上がる。

気球は少しずつ膨らみはじめた。その横で、芙美子たちは事前の注意事項を教えてもらう。

と、芙美子は政伸に耳打ちをした。

「ねぇ、同意書とかは書かなくていいのかしら」

「大丈夫らしいよ」

なんでもネットによると、と、政伸はつづける。

「オーストラリアの気球の操縦士は、飛行機のパイロットと同じ資格を持ってなくちゃいけないんだとか。だから飛行機に乗るときと同じで、同意書もいらないんだって」

へぇえ、と、芙美子は呟く。

気球はどんどん膨らんでいき、周りの空気も暖かみを増してきた。いつしか空も白んできていて、夜明けが近いことを感じさせる。

「オーケー」

操縦士がバスケットに乗りこんで、英語で何かを口にした。

「なんて言ってるの？」

「ひとりずつ乗りこんでくれってさ」

順番が回ってくると、芙美子は慎重にバスケットの中に入って夫の隣に身を寄せた。

全員が乗りこんだとき、操縦士が何かを告げた。

「今度はなんて？」

芙美子が聞くと、政伸は言う。

「いや……」

夫はなぜだか、歯切れの悪い様子を見せた。芙美子は不審に思い、もう一度聞く。

「どうしたの？　ねぇ、なんて言ってるの？」

「うん……なんかさ、カップルは手をつなげとか言ってるんだけど……」

「えっ……？」

「この気球は手をつながないと飛ばないんだって」

「どうして？」

「カップルが放つ熱を利用して飛ばすらしい。だから熱の力を強めるために、カップルはみんな手をつないでくれって」

「ウソでしょ？　ほんとうに？」

夫を見ると、困ったような目で見つめてくる。彼は冗談が言えるたぐいの人間じゃない。となると、操縦士は本当にそう言っているということだ。

どこまで本気なのかよく分からなかったが、仕方なく、芙美子は夫と手を取り合った。

しばらくすると、気球は地面から飛び立った。

あたりはボォォッという炎の音以外は何も聞こえず、不思議な静寂に包まれる。

小さい声で、夫がぽつりと口を開いた。

「おまえ、昔と違って、こんなに手の皮が厚くなってたんだな」

驚いて夫を見ると、照れくさそうな顔をしていた。

政伸は目線を合わせず、つづけて言う。

「それだけずっと、家事をがんばってくれてたんだな」

ありがとうな。そっぽを向いたまま、政伸は呟く。

空耳かと疑いながらも、芙美子はむずがゆい気持ちになっていた。夫の手からたしかな体温を感じながら、わざと目線を景色に向けて話題を変える。

「うわぁ、あの白いの何かしら！」

芙美子は眼下を指差した。

「朝靄(あさもや)かな？」

遠くのほうで朝陽が昇り、世界が光で満たされていく。

気球は高度を上げていき、森の上を飛行する。

遠くのほうに青い海がちらりと見える。

「ちょっと、あれ、カンガルーじゃない⁉」

「ほんとだ！」

平原を野生のカンガルーたちが駆けていくのが目に入り、バスケットの中は活気づく。

気球は牧場の上を通り過ぎる。

時おり、下のほうを鳥が飛んでいくのが見える。

芙美子は大地に心が解き放たれていくような、解放感に満ち溢れた心境になっていた
——。

三十分ほどの空の旅はあっという間に終わりを迎え、やがて気球は高度を下げて着地した。

参加者たちが順番に降りていく中、芙美子はまだまだ高揚したまま、心は空を飛んでいるような気分だった。

と、芙美子たちの降りる番が回ってきたときだった。

操縦士が陽気に笑い、芙美子たちに何かを言った。それを聞いて、政伸は握っていた手をすっと離して気まずそうな顔を浮かべる。

「どうしたの?」

「いやあ、ちょっと彼にからかわれちゃって……」

「なんて言って?」

政伸はもごもごと口にする。

「もう手は離して大丈夫、でないと二人の熱で気球はまた浮かびあがってしまいます……って」

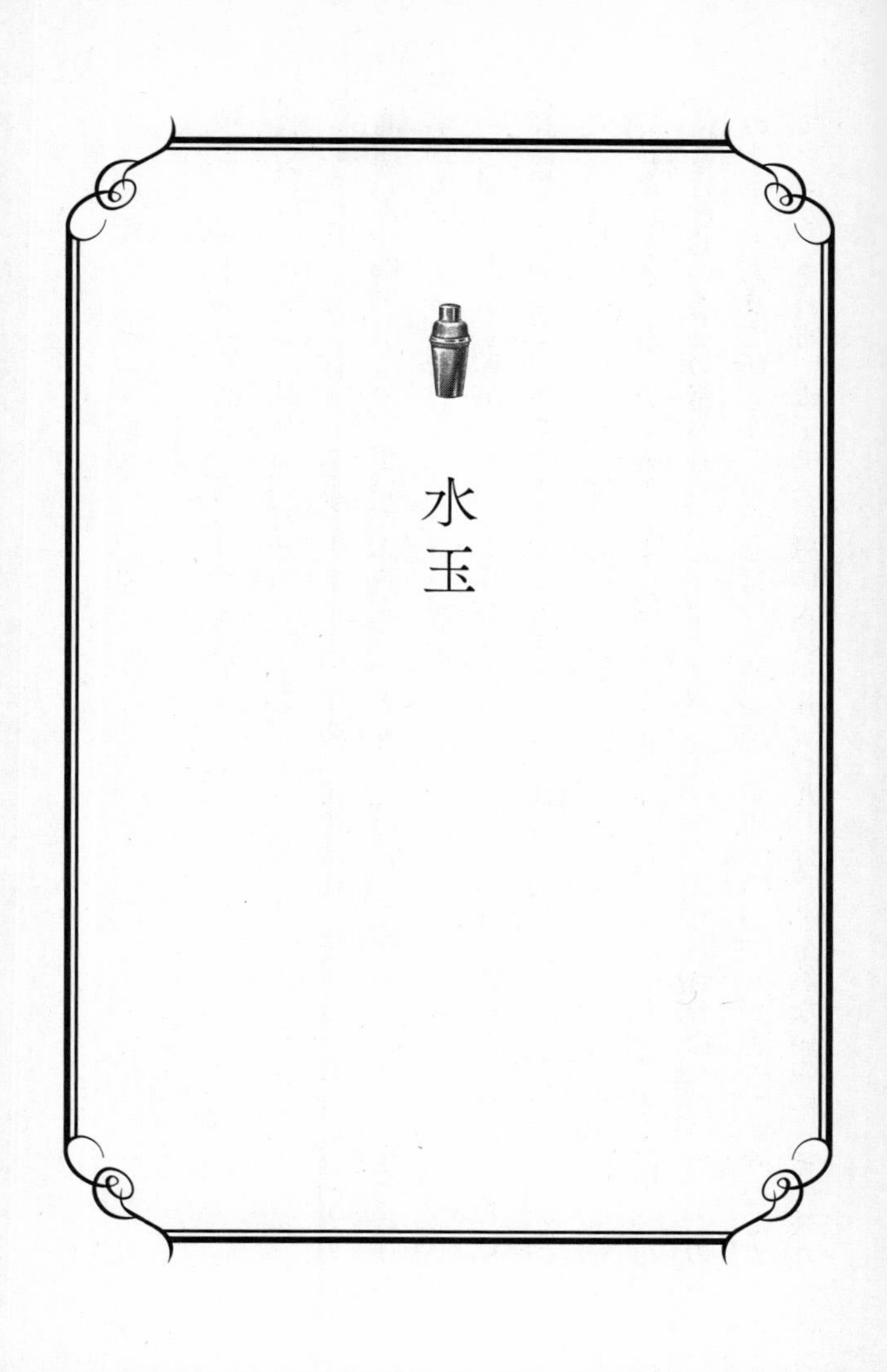

水玉

このスカートの模様？　夫のズボンと？

ううん、それが、夫婦で模様を揃えてるわけじゃなくて。

わたしがこの模様——水玉を好きになったのは学生時代。場所は、たしか高円寺の古着屋さん。勝手気ままに歩いてふらふらっと入った店だったから、いまじゃ店の場所も名前も忘れちゃったけどね。

季節はもうすぐ春がやってこようかっていう、冬も終わりのころだった。せまりくる春に想いを馳せて、ああ今年はどんな服を着ようかなぁなんてウキウキしてた。春って、そういう気分にさせる何かがあるじゃない。

わたしがその水玉のスカートを見つけたとき、「ああこれだ！」ってすぐに思った。持ち合わせの服との組み合わせもバッチリだと思ったし、もし合わなくたって、このスカートに合わせて新しく買い足せばいいやって。それくらい波長が合ったのを感じたっていうか。それまで水玉モノに思い入れが強かったわけじゃ全然ないのに、そのスカートだけは違ってたの。

早くこれを身に着けて出歩きたい——わたしは春がやってくるのが待ち遠しくて仕方なかった。

そしてその春は、もう毎日が楽しくって。

もちろんいつも同じ服を着るわけじゃなかったけど、なんだろう、あの水玉のスカートを持ってるっていうだけで心が弾んだっていうか。お気に入りのスカートを身に着けて、春の息吹と一緒に飛び跳ねる。そんなイメージを心の中に描くだけで、すごく幸せな気持ちになった。

水玉の不思議に気がついたのは、そんなある日のことだった。

スカートにアイロンをかけてるとき、不意に水玉が動いたような気がしたの。

まさかそんなことがあるはずない。

そう思って、手を止めて目を凝らしてみた。すると、やっぱり水玉は小刻みに動いてたの。水玉ひとつひとつが、まるで生き物みたいに。

普通なら、そこでぞっとしたり驚いたりするんでしょうね。でも、わたしは腑に落ちたって感じになった。古着屋さんでスカートに惹きつけられたのには、やっぱり理由があったんだって。むしろ、何でいままで水玉が動いてることに気がつかなかったんだろうって。そっちのほうが不思議になったくらいだった。

水玉が生きてるみたいに動いてる――実際それに気がついてから、水玉のほうも自覚したのか明らかに活発になって、わたしの目をはばからないようになっていった。

たとえば、それぞれの水玉がスカートの上で小さくなったり大きくなったり、ときどき泡みたいにぶつかり合ったり。

ぶつかった水玉同士はくっつき合って、ひとつになるの。それを指でつついてあげると、弾けて分かれてまた元に戻る。単純だけど、だからこそ止められない遊びのような。わたしは水玉をつつくその遊びに夢中になった。

そのうち水玉は、色さえも自由に変えるようになった。下地が白いスカートだから、どんな色の水玉でもよく映えて。これでまた楽しみが増えたって、嬉しくなった。

その春は、水玉のおかげでいいことがたくさんあった。

どんなことにも寛容になれたって言えばいいのかな。水玉が心の余裕をつくってくれるから、いつもなら嫌だなって思うようなことがあっても不快に感じなくなって。何があってもプラスに思えたりもして。人って結局、気分次第なんだなって、ちょっぴり反省もしたけどね。

そんな春も、いよいよ終わりを迎えようかというころだった。

ちょっとした事件が起こったの。

ある朝クローゼットを覗いてみて、わたしは身体が固まった。いつものスカートがどこにも見当たらなくて。ううん、ちゃんと言うと、スカートはあるにはあったの。すっかり水玉が抜けてしまって、ただの白い下地だけになったものが。

水玉はどこに消えたんだろう――。

なんだかすごく不吉な予感がした。でも、その日は用事があったから、心がざわつきながらも別のスカートを選んで部屋を後にした。

用事を済ませて家に帰って驚いた。アパートの前に人だかりができてたの。ランプをぎらぎらさせた消防車がひっそり横づけされてもいた。

わたしは急いで野次馬の一人の腕をつかんで事情を聴いた。どうやら小火騒ぎがあったらしいってことが分かった。わたしの隣の部屋から出火したって聞いたときは、安堵とともに強いめまいに襲われた。

騒ぎが一段落したあとに、わたしは若い消防隊員の人に付き添われて部屋に入った。

隣で火が起こったのはわたしの部屋の、ちょうどクローゼットの裏にあたる場所だったんだって、焦げた壁を見て一目で分かった。

注意しながら扉を開けると、半分くらいの服がダメになってしまってた。その中には、あの水玉が抜けた白いスカートもあった。不吉な予感は当たったのね。

そのときわたしは、なんとなく足元を見た。で、思わず素っ頓狂(すっとんきょう)な声をあげてしまった。

視界には自分のスカートが入ってたんだけど、ついさっきまでは完全に無地のものだったスカートが——いつの間にか見覚えのある水玉模様になってたの。

戸惑いつつも、わたしは悟った。朝にいなくなってた水玉が、自分のところに戻ってきたんだって。しかもバッチリ、いまのスカートと調和する色とサイズに姿を変えて。

スカートにまじまじと見入ってると、わたしの視線を追ったんでしょうね。消防隊員の男の人が、にっこり笑ってこう言った。素敵なスカートですねって。

その人、状況が状況なのに、よくもまあそんなセリフが出てきたものね。いま考えると、ほとほと呆(あき)れる。不謹慎。

それがあの人。のちに夫となっちゃう人。

まあ、その話はともかくも、水玉が姿を消してたのにはちゃんと理由があったんだって、わたしはハッキリ理解した。危険を事前に察知して、自分で避難してたわけ。凄いなぁと感心しつつ、水玉への愛情がいっそう深まったのは言うまでもないことね。そんなわけで、この水玉スカートは古着屋さんで手に入れたのとは違うものなの。そこから水玉だけが抜けだして、別のスカートに居ついたもので。

もっと言うとその事件以来、水玉は移動するのに味をしめたのか、スカート以外のほかの服にも平気で移るようになっちゃって。おかげでいまや、どの服に水玉が居ついてるのか、クローゼットを開けてみないと分からないの。

でも、水玉のセンスは相変わらず抜群で。どの服に居ても間違いなく、すごく素敵になってるの。季節とか天気とか気分とか、その日のいろんなものに合わせて絶妙に変化して待っててくれてるっていう感じ。だからわたしは服選びにそんなに時間がかからなくて。水玉の移った服を探しだして、身に着けるだけだからね。

水玉のおかげで、いまのわたしは春に限らず、いつでも幸せ。もちろん、今日だって。水玉ともずっと一緒にいられるし、不満はほとんど皆無かな。

だけど、夫のズボンにもたまに移ることがあって。不満といえばそれくらい。結婚してから、すっかり水玉のお気に入りの場所のひとつになったみたいなの。なんだか自分のペットが他人に懐いたみたいで、わたしとしては微妙な感じなんだけど。

まあ、いずれにしても。

あなたが見たのは、そのズボンね。

媚酒（びしゅ）

地下一階の扉を開けるとカウベルの音がカランカランと鳴り渡った。

「いらっしゃい」

トニーさんはウクレレを弾く手を止めて顔をあげる。

カウンターに腰をかける前に、私のほうから切りだした。

「じつは、今日は連れがひとり来る予定で……」

聞きながら、トニーさんは愛用の煙草に火をつけて煙を天にくゆらせはじめる。

バーのマスターである彼は、お馴染みの銀髪を後ろで結び、豊かな白鬚を蓄えている。

老成した雰囲気を放ちつつ時おり子供のような無邪気な瞳を光らせる、年齢不詳の人物だ。

「私にしては珍しいことですが」

自嘲気味に笑うと、トニーさんは何も言わずにただ微笑みを返してくれた。

「でも、ちょっと遅れているようで。待っていてもよかったんですが、どうせなら先に一人で楽しんでいようかなと思いまして。ということで、いつものやつを……」

「かしこまりました」

ハーパーの炭酸割りがすっと出される。

何口か味わうと、私は話題を求めるように口を開いた。

「……ところで、興味本位で無粋なことをお聞きしますが、女性を口説くのに最適なお酒というのは、あるものなんでしょうか。言うなれば、媚薬のような」

半ばジョークで、半ば本気で、私はトニーさんに尋ねてみた。いつも不思議なことを教えてくれる彼ならば、もしかすると……そんな期待がなかったと言えばウソになる。

「それでしたら、うってつけの酒がありますよ。何でしたら、お試しになりますか？」

無邪気な笑みを浮かべるトニーさんに、私は驚きを隠せなかった。

「そんなものがあるんですか!?」

「ええ、普通は外に出回らない珍しい酒なんですが、仲の良い蔵元さんから特別に分けてもらっていましてね」

そう言って、トニーさんは戸棚から一本のボトルを取りだした。脚の長いグラスが用意され、そこにボトルが傾けられる。どんどん液体で満たされていくにつれ、私の目は次第に見開かれていった。

「これは……」

淡いブルーにほのかに染まった、美しい酒だった。

しかし、その美しさもさることながら、何より驚かされたのは、グラスの中でまるで川の水のように絶えず対流するその酒の姿だった。

「不思議でしょう？　高知の酒なんです。酒は水が命と言われますが、この酒には仁淀川という川の水が仕込水として使われていましてね。仁淀川は日本一美しいとされている川で、仁淀ブルーと呼ばれるその淡い色合いは多くの人を惹きつけてやみません」

そして、トニーさんはしみじみつづけた。

「思えば、昔は美しい川というのは、いまよりずっと身近な存在で、私が子供の頃なんかにはよく川に出かけて遊んだりしたものでした。

岩場から見下ろした、深く透明なブルー。川底できらめく、色とりどりの石……。

美しい川には不思議と無性に飛びこみたくなるもので、深い色合いに誘いこまれるようにして、大人も子供もこぞって川に飛びこんだものですよ。美しい川は、きっとあらゆる人を受け入れる懐の深さを持っているのでしょうねぇ」

私は静かに話へ耳を傾けつづける。

「ここ二十年ほどで、清流と呼ばれる川は数を減らしました。それは残念でなりませんが、仁淀川に行けば各地で失われてしまった光景が、いまなお昔のままに残っているんです。

そしてその活きた川から造られる酒には、ときどき川の命までもがまぎれこむ。文字通り、水が酒の命となるんです。ですからこの酒には仁淀川が——日本一の清流そのものが、絶えることない流れとなって宿っているというわけなんです」

トニーさんは、グラスの中で渦巻く流れを穏やかに眺めながら言葉を継ぐ。

「それからこの酒は、川の四季を映す不思議な力も持っていましてね。春になると酒の表面を桜の花びらが流れていき、秋には赤く染まった紅葉が青に巻かれて過ぎていく。冬になるとグラスの上を雪がちらつき、夏には蛍が舞うんです。こんな具合に」

と、トニーさんは灯(あか)りを消した。

いったい何が——。

そう思ったのも束の間だった。グラス付近を一筋、小さな光が通りすぎた。

蛍だ——。

私は目を奪われる。

そうしている間にも、黄緑色の光の筋は増えていく。酒の表面がキラキラ輝き、グラスの周りはまるで光で編まれた織物があしらわれているかのような様相となる。

やがて灯りが戻り、トニーさんが口を開いた。

「さて、いかがでしょう、こんな一杯は」

にこやかに言われ、私は思わず息を吐いた。

「……こんなにロマンチックなお酒は初めてです。まさに女性を口説くのにふさわしい、媚薬ならぬ媚酒（びしゅ）ですよ。でも、こんな素敵なお酒なら、ついつい飲みすぎてしまうでしょうね。女性をあんまり酔わせるのは、フェアじゃあない」

私が笑うと、トニーさんは首を振った。

「いえいえ、勘違いをされてるようで」

「勘違い……？」

「こちらは相手の方に勧める酒ではなく、ご自身が口にしてこそ初めて媚薬の効果を発揮する代物（しろもの）なんです」

「……どういうことでしょう」

私は首を傾げるのみだ。

「この酒を飲むと、酔いと一緒に川の命が身体をめぐり、川そのものが飲んだ人にも宿るんです。つまりは酒を口にした人ご自身が、仁淀川と化すわけです」

言ったでしょう、と、トニーさん。

「懐の深い美しい川には、無性に飛びこみたくなるものだと。これを飲むと、お待ちの女性も、きっとあなたの腕の中に」

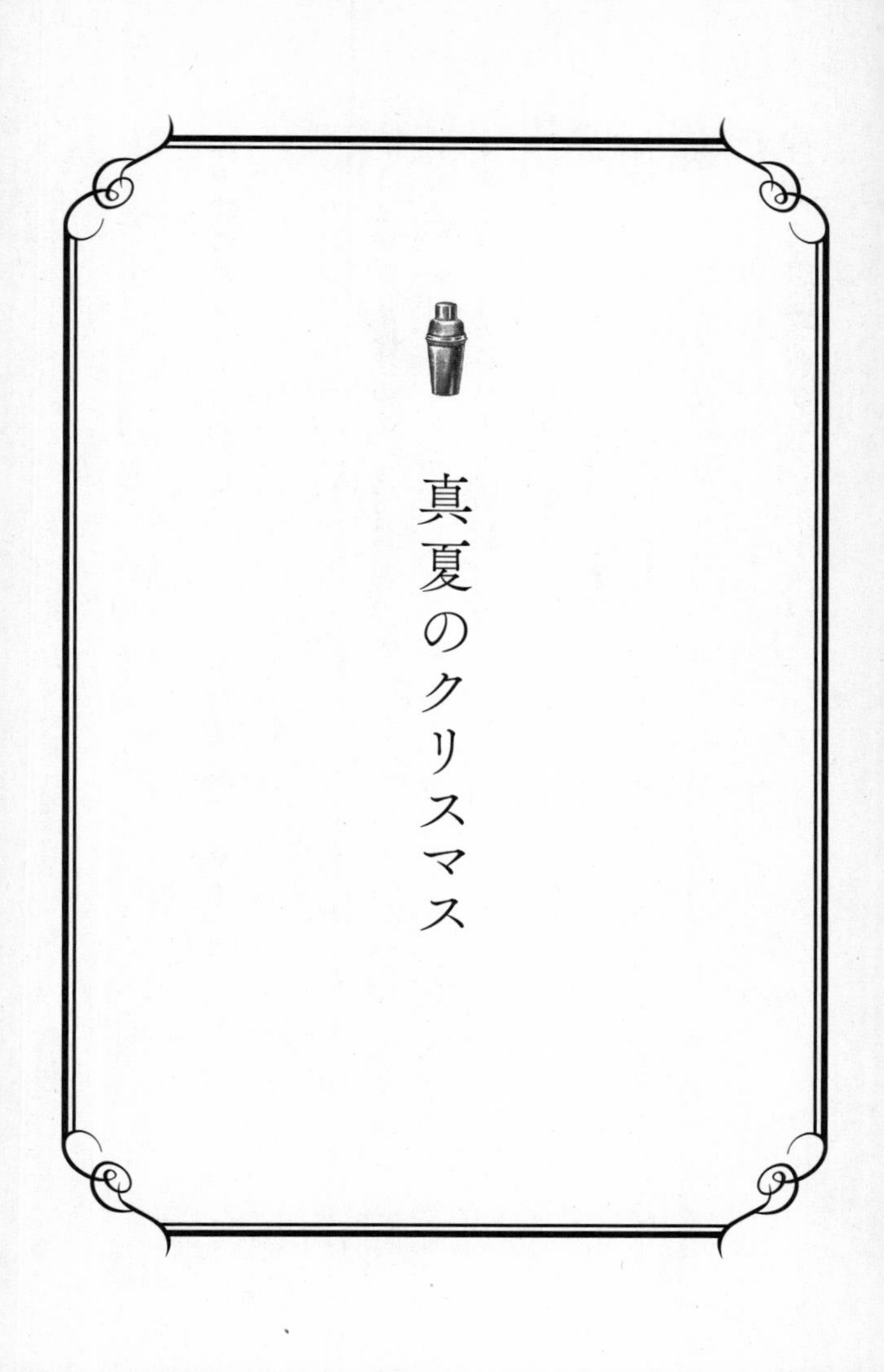

真夏のクリスマス

南半球にあるオーストラリアのクリスマスは、夏の盛りにやってくる。

「こんな暑いクリスマスは初めてだなぁ」

ビーチの端に腰掛けて、政伸（まさのぶ）は言う。

「ほんと」

芙美子（ふみこ）はシャツをパタパタさせている。

「ホワイトラブ、どころじゃないね」

日焼け止めを塗りながら言う加奈（かな）に、ビーチパラソルの下で寝そべる賢人（けんと）も「ねー」と頷（うなず）く。

「日本じゃ想像できないクリスマスねぇ」

洋介の言葉に、涼が返す。

「カップルたちの白い吐息もどこへやら」

二人は砂浜に座って、くつろいでいる。


――。

眼前にはどこまでも海が広がっていて、人々は波打ち際で楽しそうに戯れている
十二月二十五日。クリスマスの午後のこと。
ゴールドコースト屈指のビーチ、ここサーファーズパラダイスは、Tシャツや水着姿の人たちで賑わっている。

と、そのとき突然、ビーチにわぁっと歓声が上がった。

政伸が芙美子が、賢人が加奈が、洋介が涼が、一斉にそちらに目をやった。

人々の視線の先には、波に乗ってやってくるひとりのサーファーの姿があった。よく見ると、半袖半ズボンのサンタクロースの格好をしている。肩に大きな袋を担いで、絶妙なバランスですいすい波の上を滑ってくる。

「ちょっと見てくる」

砂浜には人だかりができていた。政伸が、賢人が、涼が、立ちあがって群衆のほうへと近づいた。

人々の輪の外で鉢合わせた三人は、相手が日本人だと悟ると会釈をした。

「これって、何が起こってるんでしょう。ぼく全然、英語ができないんですよ……」

賢人は尋ねる。

「ちょっと誰かに聞いてみますね」

「あ、ぼくも聞いてみます」

政伸と涼がそう言うと、群衆のひとりを捕まえて英語でやり取りをしはじめた。

やがて会話を切りあげて、二人は賢人に説明する。

「なんでも、このあたりの風物詩らしくてですね……」

政伸と涼は交互に、こんな話を賢人に語った。

どうやらこのビーチには、毎年サンタクロースの格好をした人が波に乗ってやってきて、プレゼントを配るらしい。まさしく目の前の彼がそうで、みんなプレゼントをもらおうと集まってきているのだ。

彼がいったい何者で、どこから来て、何の目的でプレゼントを配っているのかは分からない。分かっているのはクリスマスの日、彼が水平線の向こうから波に乗ってやってきて、人々にプレゼントを配るということ。そして配り終えると海の向こうにパドリングで帰っていくということだけだ。

噂では、彼は本物のサンタクロースで、北の国からわざわざ海を越えてやってきているのだといわれている。海は世界とつながっている。それだけが噂の根拠ということだった。

「でも、サーフボードひとつで、ですか？　そもそも非効率すぎじゃありません？」

「いや、まさに」

涼が頭を掻く。

「いまそれを、現地の人に聞いたんです。そしたら、まあ、細かいことはいいじゃないかと言われました」

涼が言うと、政伸も笑う。

「なんだかゴールドコーストらしいですね。おおらかで、のんびりしていて」

賢人はこの何日間かのことを振り返り、たしかにゴールドコーストらしいのかもしれないなぁと納得するところがあって、同じように微笑んだ。

その瞬間だった。急に群衆がどよめいた。

三人が慌てて海を見ると、さっきのサンタが海に落ちてしまっているのが目に入った。

ライフセイバーを呼ぶべき事態か——。

そう思っているうちにサンタは無事にボードに戻り、何事もなかったかのようにパドリングしながら浜辺についた。そして彼は集まった人々に、声高らかに何かを言った。

「なんて言ってるんですか？」

賢人が尋ね、政伸が答える。

「あいにく今年のプレゼントは海に落ちた。そのうち漂着するだろうから拾ってくれ……だそうですね」

「ずいぶんいい加減なサンタですねぇ」

「ですね」

笑う二人に、涼も加わる。

「でも、真夏のクリスマスには、そんな陽気な感じが似合ってるような気もしますね。あれっ、サンタがまた何か言ってるみたいですよ」

涼が通訳してくれる。

「……お詫びにひとつ、みなさんにプレゼントをご用意しますからお楽しみに……ですって」

群衆の歓声に応えるように、サンタは得意そうに手を挙げている。

ではみなさん、素敵な夜を。

それだけ言って、サンタは海へと入っていく。同じようにサーフボードに乗っかって、パドリングしながら沖のほうへと消えていった。

サンタを見届けると、群衆は次第に散りはじめる。

政伸と賢人と涼も簡単な挨拶を交わして別れ、それぞれのパートナーのもとへと戻っていった。一連のやり取りを説明して、笑い声がビーチを駆ける。

程なくして夕暮れどきがやってきて、ゴールドコーストは燃えるような真っ赤な色で染まりきる。

「いつもこんな、きれいな夕焼けなのかな……まるでサンタの服の色みたい」

三組のカップルたちは、夕空を眺めながら口にする。

「これがサンタの言ってたプレゼント、なのかなぁ」

少し赤が濃く見えるのは、サンタが海に落ちて濡れたからか。

やがて一番星に光がともり、夏真っ盛りの聖なる夜が幕を開ける——。

カップルたちは暑い暑いとこぼしながらも、身体はぴったり寄り添って。

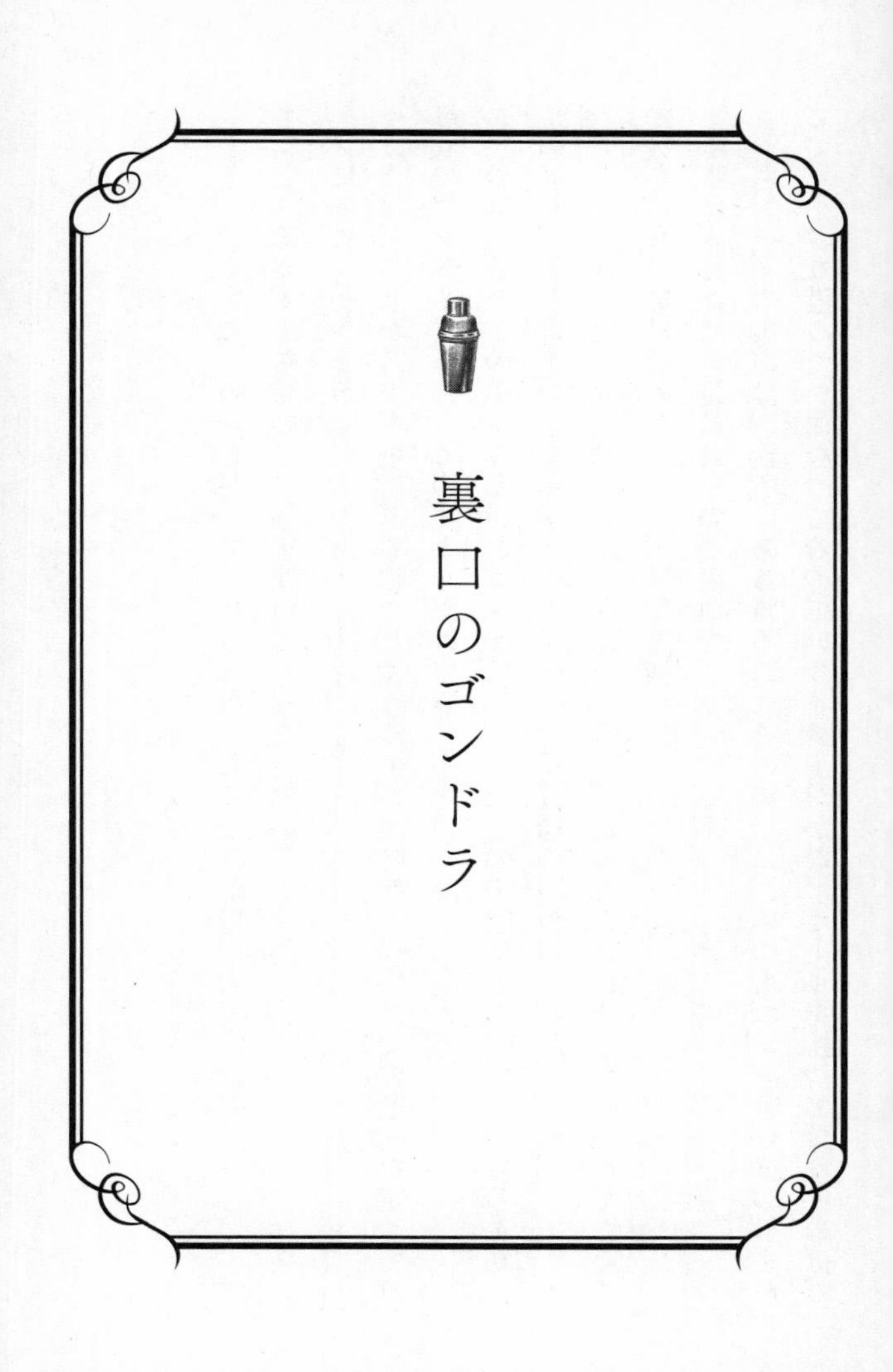

裏口のゴンドラ

まあ、驚くよね。わたしだって、知らなかったらそれが普通の反応だと思うもん。でも、とりあえず落ち着いて。話を聞いてくれたら分かるから。

ところで、ゴンドラのことは知ってる？

ううん、山とかスキー場にあるやつじゃなくて。水の都、ベネチアの運河を走ってるほうのゴンドラ。あの一本のオールだけで漕ぐ小舟の、ね。

じつはベネチアの小舟みたいなゴンドラが、わたしの実家にもあって。もちろん知っての通り、実家は水の都なんかとは程遠い、ごく普通の田舎町なんだけどね。

でも、実家の裏に運河はちゃんと存在してる。普通のものとは違った、知ってなくちゃ分からない抜け道みたいな不思議な運河が。

そこに入るための鍵になるのが裏口で。

うちの実家の裏口は、台所にある勝手口。その裏口に、いつもゴンドラが横づけされてて。小さな港みたいになってるっていうイメージかな。オールを持って乗りこめば、表の世界からは隠された秘密の運河を自由に移動できちゃうの。

よく覚えてるのは、小学生のときのこと。わたし、しょっちゅう寝坊してて。慌てて起きて朝ごはんを口の中に放りこんだら、勝手口に向かって小走りで駆ける。先に乗って準備してくれてるお母さんのほうに向かって飛びこむと、ゴンドラは左右に少し揺れながら出発するの。

運河から見えるのは見慣れた町の、裏側の景色。たとえるなら、家を隔てる壁と壁の間を走っていくって感じかな。

町の裏側って、生活してる人たちの本当の姿みたいなものが垣間見えるもので。ちょっと薄暗いけど生活感があるっていうか、人間味があるっていうか。

わたしはその運河の上を、お母さんのオールひとつで滑っていく。

運河の両脇、壁の向こう側にはいろんな景色が広がってる。

物干し竿には布団や洗濯物が干してあったり。

古風な庭からは椿や山茶花の枝葉が飛びだしてたり。

たくさんの写真立てが並んでる出窓があったり。

ときどき猫がのんびり壁をつたっていったり。

わたしは庭いじりをしてる人に挨拶をしたり、窓から手を振ってくれる人に手を振り返したりしながら、学校につづく航路を進む。

もちろん、たどりつくのは正門じゃない。ゴンドラは学校の裏門に横づけされるの。わたしはお母さんへのお礼もそこそこに、舟の底を軽く蹴って地面に移る。ぐらぐら揺れるゴンドラを背に、始業のチャイムを聞きながら走る。そうして授業に間に合ったことが、何度あったか。

ゴンドラには、いろんな場面でお世話になった。

たとえば学校が終わって家に帰って、いち早く友達の家に遊びに行きたいってときとかも。家事に勤(いそ)しむお母さんに無理やり頼んで、ゴンドラでよく連れてってもらったなぁ。逆に帰りが遅くなっちゃいそうなときはお母さんに電話して、友達の家まで迎えに来てもらったりもした。

帰るころ、夕暮れ時には運河もまた景色を変えてて。

洗濯物が取りこまれた物干し竿には、なんだか切なさが漂ってた。ともりはじめた窓の灯(あか)りは、運河に儚(はかな)く揺らめいて。あたりはいろんな家の夕食の匂いに満ちていて、よくお腹(なか)が音を立ててた。

運河はね、一度見えると誰にだって見えるようになるもので、裏口からゴンドラに乗る方法さえ覚えちゃえば、誰にだって出られるものなの。だから、ひそかに利用してる人も多くって。

特に朝とか夕方は、それなりの人で溢れてた。そういうときは、いくら急いでても、ぶつからないように道を譲り合うのが最低限のマナーなの。誰かとすれ違うときも、ちゃんと会釈をするのが運河の礼儀。わたしも親から、よく言われたなぁ。

大きくなってからも、わたしはゴンドラの力をよく借りた。中学生にもなると、もう一人立ちした、いっぱしの船頭になっててね。自分でオールを握りしめて、台所の裏口から運河にひとりで出ていった。

高校生になっても、相変わらず遅刻しそうなときは運河を滑って学校までの裏道を急いだ。でも、何もいつも寝坊してたわけじゃなくて。テストの日なんかは直前まで悪あがきしてたくて、時間確保のためにゴンドラを頼ったりもしてた。ただ、考えることはみんな同じで。そういう日は運河を使って登校する子も多かったから、裏門がごった返して大変だったのを覚えてる。

上京して実家を離れて一人暮らしをするようになってからも、わたしはゴンドラにずっとお世話になってきた。

言ったでしょ？　あらゆる裏口は運河とつながってるって。裏口さえあれば、ゴンドラに乗ってどこにだって移動することができちゃうって。それはこんな大都会でも、まったく同じ。

田舎とは違って、こっちの生活は移動にあんまり不自由しないから、ゴンドラを頼る場面はたしかに減った。でも、やっぱりゴンドラが便利なことには変わりない。

大量に買い物したりすると、帰りの電車で人に迷惑をかけるのもアレだし、変に目立つのもイヤじゃない。だから、今日は買うぞっていう日には家の裏口からゴンドラに乗って出かけていって、デパートの裏口から中に入って帰ってくるの。

ゴンドラはノーメイクのジャージ姿でちょっとコンビニに行くときなんかにも役に立つ。運河を使えば、道で知り合いに出くわすこともないからね。

ただ、こっちに来てから田舎とは事情が違うところもあった。

お店の裏口に停めておいたゴンドラが盗まれたなんて物騒な話も耳にするし、運河の雰囲気もやっぱり田舎とは違ってて。

空き缶やペットボトルが運河にぷかぷか浮いてたり、排気口とパイプで埋め尽くされた空気の悪い場所があったり。酔っ払いが壁の向こうから絡んでくることもあるらしいし、油断すると運河に構える居酒屋の客引きに捕まったりすることもあったりするの。

でも、都会の運河も決して捨てたもんじゃない。

田舎とおんなじようにして、オフィスの裏で休憩してる人たちが笑顔で手を振ってくれるのはよくあることで。花盛りには、壁からはみでたキレイな桜が花びらを散らして素敵な香りを送ってくれる。

そんなとき、普段は慌ただしくて見逃しちゃってるだけのことで、都会にも見どころはちゃんとあるんだなぁっていろいろ考えさせられる。田舎みたいに夜空に星は見えないけど、ビルの灯りは運河に映えて。華やかな煌めきの中を滑ってると、何とも言えない幻想的な気持ちになる。

芸能人に出くわすことなんかもあるの。

表を歩くと目立つから、きっと見つかりにくいゴンドラで裏口を使って移動してるんだと思う。変装してて気づかないことも多いんだけど、それでも劇場とかのそばを通ると運河で出待ちしてるゴンドラ女子たちもいて。芸能人も大変だなって思わされちゃう。

で、そうだった。肝心のわたしの話をしなくちゃね。

もうだいぶ分かってもらえたと思うけど……だからなの。わたしがいま、こんなところに急に現れたわけは。

まだ小さかったころのことは別にして、本当なら人の家に行くときにゴンドラを使うのはあんまり好きじゃないんだけどね。だって、裏口って、とってもプライベートな場所だから。断りもなく勝手に押しかけるのは、なんか違うなって。

でも、まあ、あなただからいいかなって思ったの。約束の時間に遅れそうだったから、もう直接、ゴンドラで乗りつけちゃえってね。

さすがに彼氏の家くらいには勝手に押しかけてもいいでしょ？　まあ、ダメって言っても手遅れだけど。電車で来るよりよっぽど近道だったから、次からもゴンドラにしようかなって思ってる。

それに、もし興味を持ってくれたなら、こんど一緒にこのゴンドラで都会の裏側を回ってみない？　ひとりくらい乗せたって、わたしのゴンドラは大丈夫。長年培ってきたオール捌きも披露したいしね。

え？　ゴンドラのことは全部もう話したじゃない。ほかに何が気になるの？

ああ、こんなところにどうやってって、それはもう見ての通り……って、ごめんごめん、まだ運河が見えないから驚いてるんだよね。

覚えてるでしょ？　あらゆる裏口は運河につながってるんだって。逆に言えば、運河を通ればどんな裏口にも行けるんだって。

何も勝手口みたいに分かりやすいものじゃなくていいの。そこが裏口に当たる場所でさえあれば、ベランダだってどこだって運河にちゃんとつながってるし、ゴンドラに乗りつけられないところなんてないんだから。

それがたとえ、ここみたいにマンションの高層階であってもね。

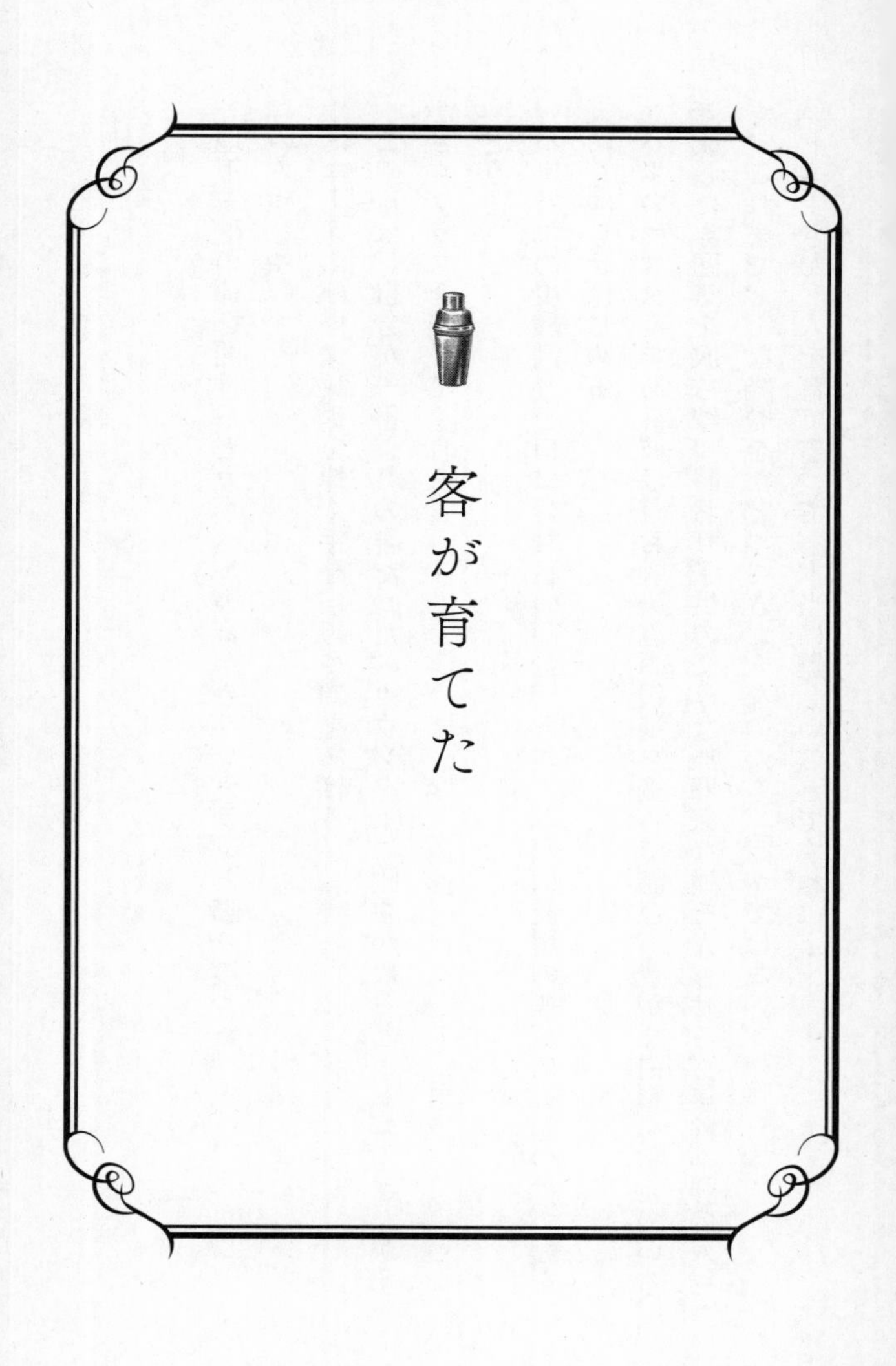

客が育てた

地下一階の扉を開けるとカウベルの音がカランカランと鳴り渡った。

「いらっしゃい」

トニーさんはウクレレを弾く手を止めて顔をあげる。

この日は、自分が一番乗りの客だった。カウンターに腰をかけると、トニーさんがすかさずグラスを出してくれる。

「どうぞ」

ハーパーの炭酸割りを口に含む私の前で、トニーさんは愛用の煙草に火をつけて煙を天にくゆらせはじめる。

バーのマスターである彼は、お馴染み(なじ)の銀髪を後ろで結び、豊かな白鬚(しろひげ)を蓄えている。老成した雰囲気を放ちつつ時おり子供のような無邪気な瞳を光らせる、年齢不詳の人物だ。これまでどんな経歴をたどってきた人なのかも、定かではない。

「トニーさん、人を育てるって、本当に難しいことですねぇ……」

そんな陳腐なセリフも、トニーさんなら受け止めてくれるだろう。そう思って口にした。

「どうかされたんですか？」

穏やかな返事がかえってきて、私はこぼす。

「いえね、うちの部署に若手が異動してきまして……優秀で見どころはあるんですが、いまいち指導しづらいといいますか、どう育てたらいいものか悩ましいところがあるんですよ」

トニーさんは口を開いた。

「本当におっしゃる通り、育てるというのは並大抵のことではありませんよね。分かると言うとちょっと語弊（ごへい）がありますが、私にも近しい経験がありますよ」

「トニーさんにもですか？」

「ええ」

「それは、その、店員さんを育てるといったような……？」

トニーさんは首を振って、笑顔で言った。

「私が育てたのは、この店です」

「えっ？」

「もっとも、厳密に言うと、私は横で見守っていただけなんですがね。ほらよく、お客さんが育てた店、とか言うでしょう？　私は、お客さんに店が育てられていくのを、ずっと見てきたわけなんです」

なるほど、と、私は思う。いまでこそ常連客のたくさんついている店だけれど、最初からこうだったわけではない……そういう話だろうかと考えた。

が、トニーさんは、また首を振った。

「それがですね、たとえ話じゃないんですよ。実際に店が小さいときに、お客さんが食事を与えたり散歩に連れ出してくれたりして、とてもかわいがってくださって」

「……ほんとですか？」

半信半疑で尋ねるも、トニーさんは頷くのみだ。

「一番はじめはこのビルの地下——いま居る場所は空間があるだけだったんです。そこを借りて、私は子犬ほどの小さい店を飼いはじめました。一緒に寝泊まりしていたものです。じきに大きくなって立派な店を構えてくれよ。そんなことを言いながら、私の背丈くらいの大きさまでは順調に育ちました。ですが、そこから先がどうにもこうにも。理由が分からず、やきもきする日がつづきました。

　そんなある日です、最初のお客さんがお越しくださったのは。と言っても、こちらにはおもてなしをする準備なんてありませんでしたから、お客さんという言葉はふさわしくないんですが。

　その方は、店をいろいろなところに連れていって遊んでやってくれました。良い店になるためには良い店を知らなければいけない。そうおっしゃって、夜ごと素敵なバーを渡り歩いたりして。そのうち他にも同じような方がお越しくださるようになって、店はたっぷり肥えていき、この空間から出られないほどにまで成長しました。

　そうなってようやく、お客さんを正式にお迎えできるようになりましてね。私もカウンターに入って、メニューを提供できるようになりました。

　もちろんそれからもお客さんにはたいそうお世話になってきて、いまに至るというわけです。うちの店は正真正銘、お客さんが育ててくれた店なんです。

　ですから、あるいはその新しくきた若手の方も、お客さん――お得意先の方々などがしっかり育ててくれるかもしれませんよ。まあ、あまりお悩みになったりせず、気楽に、気長に」

トニーさんは微笑みを浮かべている。

話に聴き入っていた私は、いろいろと考えさせられるところがあった。部下の育成も自分ひとりが背負いこむのではなく、周囲の様々な人たちと一緒に助け合いながら育てていくものなのかもしれない。

育てるということは人も物も同じようなものなのかもしれないなぁ……。

そのとき、トニーさんがこんなことを口にした。

「そうだ、話の流れで、ではありませんが、せっかくなのでお願いしたいことがありまして」

「はあ、なんでしょうか」

「もし今夜お時間がおありでしたら、ぜひうちの店の相手をしてやってほしいんです」

「お店の相手？　ですが、もうこんなにも成長してるじゃありませんか」

私は店の中を見渡して言った。

が、トニーさんは、違うんです、と笑った。

「こいつのことではないんです。じつは最近、空き地に捨てられている小さな店の子供を見つけましてね。かわいそうなので拾って飼いはじめたんですよ。ほら」

トニーさんはバーの隅を指差した。

暗闇のなか目を凝らしてみて驚いた。小箱のようなものが端でうずくまっていたのだった。

「この子もうちに来てくださるお客さんたちに育ててもらって、いつか立派な店になってくれることを願っています」

そしてゆくゆくは、と、トニーさん。

「うちの二号店を担ってくれれば、と」

特別対談　ゲスト　大原さやか（声優）

　田丸さんが、公私ともに親しくされている大原さやかさん。大の小説好きで、多くの作品をラジオ番組「月の音色」で朗読されています。そのお付き合いは、実は田丸さんのデビュー直後からだそうです。

――まずは、お二人の最初の出会いとその後のお付き合いについて、おうかがいできますでしょうか。

田丸　最初は朗読でお問い合わせをいただいたんでしたよね。もう六年近く前になるでしょうか。『夢巻』（注1）が刊行されて間もなくですから。

大原　三省堂書店にどーんと積まれているのを見て、面白そうだし朗読し甲斐がありそうだと思って。番組を通じて朗読の申請をしたのが最初でしたね。

田丸　その後に、たしかツイッターでつながったんですけど、お会いしたことはなくて。僕が荻窪でショートショートの書き方講座（参加者が実際にショートショートを創作する）を開いた時にいらしたんですよね。会場にいらしているのを見て、最初から、あれ、あの方、大原さやかさんじゃないかなと思ってはいたんです。

大原　田丸さんに連絡もせず、一参加者として行ったんですけど、まさか最後に、「では、できあがった作品を音読してください」なんて言われるとは思ってなくて。本気でやっちゃうと、（なにこの人？）って思われてしまうかもしれないと、抑えて抑えて読んだんですけど――。

田丸　明らかに「プロ」だと余裕で分かりますよね。もう、まったく異次元ですから。

大原　もう会場がシーンとしちゃって、それがめちゃくちゃ恥ずかしくて（笑）。

田丸　みんな、すごい感動してたんですよ。僕も、声を聴いて、やっぱり絶対そうだと確信して。終わってから改めてご挨拶して、「今度お茶行きましょう」「ランチ行きましょう」となって。それが親しくさせていただくきっかけでしたね。

大原　その後は、マルマル（大原さんが田丸さんを呼ぶときの愛称とのこと）が「遠慮せずにどんどん読んでください」と言ってくださったのがすごくありがたくて……朗読の許諾申請をしても、出版社さんによってはたまにハードルが高かったりするんです。担当の方もお忙しいのだとは思うのですが、断られたり、なかなかリターンがないことも多くて……でもマルマルはすぐにOKしてくださったんです。そのうち「今度は田丸さんのあの作品も読んでください」というリクエストがリスナーさんから届くようにもなって。おかげさまでラジオでは本当にたくさん朗読させていただいています。

田丸　ラジオCDも作っていただきましたね。『ショートショート・マルシェ』（注2）から五作を読んでいただいて。池袋の三省堂書店さんで昼と夜の二回、トーク・イベントもやりましたねー。三省堂さんに数十冊あった『マルシェ』が昼の会だけで完売しちゃって。最近では、僕が審査員長をやっている「坊っちゃん文学賞」（注3）の審査員にも入っていただいたり。

大原　そうそう、審査は去年（二〇一九年）のクリスマス・イブでしたね。もうおひとりの審査員で映画監督の山戸結希さんは、映像でのご経験が講評に表れていらっしゃったり。いろんな視点があるから、審査は本当に面白いんです。

田丸　大賞作品は、さあやさん（田丸さんが大原さんを呼ぶときの愛称）が読んでくださったのですが、作品の味わいが拡がって、新しい魅力が生まれるんですよね。いい意味で別の作品になるというか。やはりプロの方に読んでいただくというのは、格別のものがあるんです。自分の場合でもそうなんですが、自分で書いておいて変な話なんですけど、朗読を聴いて、他人事みたいに「いやー、いい作品だったなぁ……」と感動したり（笑）。

大原　そう言ってもらえるのが、いちばん嬉しい。

――では、大原さんが、これまで朗読された田丸さんの作品で特にお好きな作品はなんでしょうか？

大原　えー、正直選べないですよ！　マルマルの作品って本当にいろいろなタイプがあって……ちょっと偉そうに聞こえちゃうかもしれませんが、マルマルは常に進化しているという印象があるんです。だから好きな作品はいっぱいありますが「これ」と選ぶのは本当に難しい。うーん、でも印象に残っているといえば……私のもうひとつの朗読活動である「音ｄｕｅ．（オンデュ）」（注4）のライブに、オリジナル作品を書きおろしてくださったことがあったんですね。会場は美味しいフレンチも楽しめる老舗のライブハウスだったんですが、実際のメニューを取り入れた作品を書いていただいたんです。それを私たちが生演奏とともに朗読している中、お客様には作品に出てくるお料理を実際に食べていただくという——。食べ物と作品の融合という私たちの初挑戦だったんですけど、それが大好評でした。

田丸　あ、そんなに評判がよかったんでしたっけ？（笑）

大原　そうですよ〜！（笑）もう皆さんめちゃくちゃ喜んでらっしゃいました。マルマルの作品のストーリーも面白かったので私たちもやっていて楽しかったんですが、お客様が召し上がっている中でのパフォーマンスなので……いい香りがステージまで届くんです。だから読みながら「あー美味しそう……」なんて思ったり（笑）。あれは特別な体験でした。

田丸　公演が終わってから、僕も食べさせてもらったんですが、オードブルがあってお肉か魚か選べて、ちゃんとしたコース料理なんですよ。予約していなかったお客さんも朗読を聴いて食べたくなったら、後から注文できるような面白いシステムで。

大原　だから、厨房は大混乱だったみたいですよ（笑）。ＢＬＵＥＳ　ＡＬＬＥＹ（ブルースアレイ）の店長さんも、こんなに一気に料理が出たことない！ っておっしゃってて。とにかく大盛況でした。

田丸　結局、百人ぐらいいたお客さんがほとんど召し上がってましたよね。

大原　五感をフルに刺激する、食べ物と朗読のコラボLIVEというものを一度やってみたいと、ずっと前から考えていて……それでマルマルに「実はこういうことをやりたいのですが、書いていただくって……？」と思い切ってお話ししたら「面白そうですねー」って二つ返事で引き受けてくださって！ 一度きりのスペシャルな公演でしたが、マルマルのおかげで本当に贅沢な時間となりました。

——そんなユニークな試みもやってこられたお二人ですが、今後コラボされるなら、どんなことをやってみたいですか？

大原　マルマルは、浪曲やお笑いの方とのコラボもやってらして……いろんなことに挑戦されてますよね。

田丸　最近ではジャルジャルさんとライブをやらせていただいたりして、めちゃめちゃ楽しかったですね。なんでしょうね。やっぱり、お互いの強みと言えば、物語と音ということなんでしょうけど。

大原　映像化で言えば「大根侍」（注5）がありましたけど、あれを観ながら改めて、マルマルの作品ってアニメ向きの作品がたくさんあるよなあと感じました。おとぎ話のシリーズ（注6）とか。一緒に作れたらいいなあと思いますね。

田丸　いやー、やりたいですねぇ。あとは製作費さえ出れば……（笑）。今年は児童書が多くなりそうですが、そちらではキャラものというか、アイテムものを書いていまして、そちらの方がもしかしたらアニメと相性がよいかもしれませんね。『やがらす魔道具店と黒い結末』というタイトルなんですが。

大原　面白そうっ！　どんな話なんですか？

田丸　不思議アイテム系なんですが、不安とか悩みのある人がそこに迷い込んできて、肩にカラスが乗ってるような風変わりな優男の店主から、魔道具っていうアイテムをもらって帰るんです。水を張ったら釣りができるようになる壺とか、香りを嗅ぐとその時間だけ過去にトリップできるお香とか。基本的にはバッドエンドなんですが、キャラクターの立った店主がいてという意味では、他社さんですが（笑）、アニメ向きかなと。

アニメはともかくとして、まだ具体化できてないですけど、皆さんに参加していただけるような企画でも、ご一緒したいです。

――大原さんが、田丸さんの作品を朗読をされる上で、気をつけていらっしゃるのは、どんな点でしょうか？

大原　マルマルの作品って、主人公をしっかりキャラ立ちさせるのではなく、どちらかというとある意味誰にでも当てはまるように書かれているじゃないですか。だから、演じる前に自分の中でイメージを明確にしてないと、聴く人にぼんやりしたイメージしか与えられなくなってしまう。もちろん最終的にどんな受け取り方をしていただくかは自由なんですが、発信するこちら側がまずしっかり形あるものにしていないと、物語の輪郭がぼやけてしまうんです。そこが難しいんですよね。マルマルの作品を朗読するときは、より事前準備が必要というか、自分の中でしっかり映像化してそれを落とし込むっていう――。そのことをいつも意識しています。

田丸　へー、いやいや面白いですねー（感嘆）。

大原　でも、それが百パーセント伝わるわけではないので、それがまた面白いんですよね。リスナーさんからの最近の感想で印象的だったのが「マトリョーシカな女たち」(『ふしぎの旅人』所収)を朗読したときのことだったんですが、私はあの作品をコミカルなお話として捉えていたんですね。でも、そのリスナーさんは事前にその作品を読んでから朗読を聴かれて、「自分はめちゃくちゃホラーだと思っていた。こんな風に明るくコミカルな印象になるなんて!」と驚いてらした。それがとても新鮮でした。あの作品はたしかにホラーにもなりうるし、ミステリーにもなりうる。そういった意味で、マルマルの作品は読み手や聞き手のイマジネーションの世界をどんどん豊かにしてくれる気がします。

田丸　本当に、ショートショートの良さって、想像の余地があるってことだと思いますね。でも、それは難しさでもあるんです。読み手の中で拡がるように書かなきゃいけない。僕が渡すのは核みたいなもので、それがその方の中でふわーっと拡がるのがいちばんいい。「海酒」(注7)にいただいた感想がすごくうれしかったんですが、あれって、自分の地元の海を書いたとても自分の体験が色濃い作品なんです。でも、それを読んだ方々からいただくのは、「故郷の海を思い出した」という感想なんですね。僕が書いたのは瀬戸内海の海なんですが、人によっては日本海の荒海だったり。その拡がり方が面白いんですよね。

大原　面白いですねー。たしかに私も、結末をわかっていて読んでいるはずなんですが、実際に朗読してみると言葉と言葉の間にまた新たな発見があったり……不思議な体験をしています。

――最後に、大原さんに朗読していただいた作品で、どの作品がいちばんのお気に入りですか？

田丸　それは、僕もやっぱり選べないですよ（笑）。いくつもいくつも浮かんできてしまって。ただ、それでもあえて言うなら、「チョコレート・レイディ」（『ショートショート・マルシェ』所収）を音ｄｕｅ．で読んでいただいたのはすごく印象的でした。音にしていただいたことで、僕が伝えたかったことがより明確になって。生の声の説得力は違いますね。思わず前のめりになって引き込まれていました。新鮮な体験でしたね。

大原　あれは女性の一人語りじゃないですか。一人語りって実は難しくて、テンポやメリハリに気をつけないと聴き手側が飽きてしまうんです。でも、あの濃い〜女性像を自分の中で創り上げて思い切り演じるのは、すごく楽しかったですね。「チョコレート・レイディ」はアンケートでも評判よかったんですよ。あれも、ホラーにもなりうるし、ラブストーリーにもなりうるし、読み方によってはちょっとエロティックでもある……不思議な作品ですよね。こういう作品って本当に演じ甲斐があるんです。「蜜」(『海色の壜』所収)もぜひやってみたい！　うんと悪女っぽく。そういえば、マルマルの作品は女性が主人公のものが少ない気が……もっと書いてくださいね！（笑）

田丸　はい、わかりました（笑）。これからも末永くよろしくお願いします。

（注1）**『夢巻』**　二〇一四年に刊行された田丸氏の第一作品集。出版芸術社刊→双葉文庫。

（注2）**『ショートショート・マルシェ』**　食をテーマにした作品集。二〇一五年光文社文庫。

（注3）**坊っちゃん文学賞**　愛媛県松山市が一九八九年に創設した文学賞。二〇一九年

第十六回より、ショートショート専門の賞に生まれ変わった。

（注4）**音due.** 声優・大原さやかと西村ちなみ、音楽家・窪田ミナの三人による「言葉と音楽」をテーマに活動するユニット。

（注5）「**大根侍**」『夢巻』収録作品。フジテレビ系「世にも奇妙な物語」でドラマ化された。

（注6）**おとぎ話のシリーズ**　『おとぎカンパニー』『おとぎカンパニー　日本昔ばなし編』（ともに光文社刊）。

（注7）「**海酒**」『海色の壜』収録作品。又吉直樹主演で映像化され、カンヌ映画祭ほか世界各地の映画祭で上演された。

〈初出一覧〉

マイナ酒	JT スモーカーズ ID Web サイト
霊鈴	「くにまるジャパン」文化放送ラジオ
妻の秘密	Gold Coast 7 Stories
褒め殺し事件簿	「小説推理」2016 年 11 月号（双葉社／2016 年）
あの人の手	nanovel
洞窟の星	Gold Coast 7 Stories
グチ清掃員	JT スモーカーズ ID Web サイト
手縫いの堪忍袋	TOKYOWISE
夜のマーケット	Gold Coast 7 Stories
企画にララバイ	JT スモーカーズ ID Web サイト
桜色の爪	「Fnam シアター田丸雅智の～短くて短い夜～」南海放送ラジオ

手ぶらのキャンプ	Gold Coast 7 Stories
甲子園の魔物	『白球は時空を超えて　松山東高野球部124年目のキセキ』 (チームまゆきよ著／ミライカナイ／2015年)
オーラの写真	Gold Coast 7 Stories
螺旋の人	SF Prologue Wave 「らせん階段」より改題
気球の熱	Gold Coast 7 Stories
水玉	nanovel
媚酒	nanovel
真夏のクリスマス	Gold Coast 7 Stories
裏口のゴンドラ	大原さやか朗読ラジオ 『月の音色～radio for your pleasure tomorrow～』 インターネットラジオステーション音泉にて配信中
客が育てた	JTスモーカーズID Webサイト

二〇一七年五月　光文社刊

光文社文庫

ショートショートBAR

著者　田丸雅智（たまるまさとも）

2020年4月20日　初版1刷発行
2020年11月20日　2刷発行

発行者　鈴木広和
印刷　新藤慶昌堂
製本　ナショナル製本

発行所　株式会社　光文社
〒112-8011　東京都文京区音羽1-16-6
電話（03）5395-8149　編集部
8116　書籍販売部
8125　業務部

落丁本・乱丁本は業務部にご連絡くだされば、お取替えいたします。
ISBN978-4-334-77991-7　Printed in Japan

組版　萩原印刷

光文社文庫　好評既刊

寂聴あおぞら説法　日にち薬　瀬戸内寂聴
いのち、生ききる　瀬戸内寂聴　日野原重明
幸せは急がないで　瀬戸内寂聴　青山俊董　編
贈る物語　Wonder　瀬名秀明　編
成吉思汗の秘密　新装版　高木彬光
白昼の死角　新装版　高木彬光
人形はなぜ殺される　新装版　高木彬光
邪馬台国の秘密　新装版　高木彬光
「横浜」をつくった男　高木彬光
神津恭介、密室に挑む　高木彬光
神津恭介、犯罪の蔭に女あり　高木彬光
刺青殺人事件　新装版　高木彬光
呪縛の家　新装版　高木彬光
社長の器　高杉良
ちびねこ亭の思い出ごはん　高橋由太
バイリンガル　高林さわ
王都炎上　田中芳樹

王子二人　田中芳樹
落日悲歌　田中芳樹
汗血公路　田中芳樹
征馬孤影　田中芳樹
風塵乱舞　田中芳樹
王都奪還　田中芳樹
仮面兵団　田中芳樹
旌旗流転　田中芳樹
妖雲群行　田中芳樹
魔軍襲来　田中芳樹
暗黒神殿　田中芳樹
蛇王再臨　田中芳樹
天鳴地動　田中芳樹
戦旗不倒　田中芳樹
女王陛下のえんま帳　田中芳樹　垣野内成美　らいとすたっふ　編
ショートショート・マルシェ　田丸雅智
ショートショートBAR　田丸雅智

光文社文庫　好評既刊